前言

U0063841

　　諺語是中國從古至今流傳下來的通俗易懂、言簡意賅的短句或韻語。它最大的特點是精煉，少則四、五個字，便可以說出一個深刻的道理，如「心病難醫」、「時勢造英雄」等。此外，諺語語言生動活潑，好像「火燒眉毛顧眼前」、「人怕出名豬怕肥」等等，是不是既形象生動，又有趣好記？

　　多學諺語，不僅能增強我們對中國文化的認識，而且能以最少的時間和精力掌握豐富的語言，使我們說話和作文更富智慧、更耐咀嚼。

　　本書精心挑選了五百多條常見的諺語，每條諺語都加上拼音、釋義和例句，以加深讀者對諺語的理解。此外，還穿插了一則則短小有趣的諺語故事、插圖，既增強了閱讀趣味，也使讀者對諺語有更深入的理解。

　　希望通過本書，能使讀者對於歷來流傳的諺語有進一步的認識，並在以後的生活、學習中更好地運用諺語來表達，提高自己的表達能力和交際能力。

目錄

yì rén zuò shì yì rén dāng
一人做事一人當　　也作「一身做事一身當」

釋義： 指不諉過、不連累別人。

例句： 大丈夫「一人做事一人當」，與他人無關，你們要怪責就怪責我好了。

yì rén dé dào　　jī quǎn shēng tiān
一人得道　雞犬升天　貶

釋義： 比喻一個人做了官，和他有關係的人也都跟着得勢。

例句： 那個富人生活極其奢華，連家裏養的狗都配有專門的媬姆和汽車，真是「一人得道，雞犬升天」！

故事鏈接

　　傳說漢朝時淮南王劉安潛心學道，一次遇到八位鶴髮童顏的老翁，便拜他們為師，學習修道煉丹。

　　丹藥煉成後，正值漢武帝認為他謀反，派人來抓他，他情急之下吃下藥。這時，天上響起仙樂，許多仙人迎他上天去。劉安煉過丹藥的鼎罐留在地上，丹藥的碎末灑得到處都是，家裏的雞狗跑來舔的舔，啄的啄，把仙丹的碎末吃了，竟然也一起飛上天去。狗在天上叫，雞在雲中鳴，熱鬧極了。

yì chuán shí　shí chuán bǎi

一傳十　十傳百

釋義：形容消息傳得很快。

例句：「一傳十，十傳百」，這消息不到半天，就傳得城裏人盡皆知了。

yì kǒu chī chéng yí gè pàng zi

一口吃成一個胖子　近義：一步登天　貶

釋義：比喻不切實際的幻想。

例句：八歲的小玉説她明年就可長得跟媽媽一樣高了，我説：「誰相信你呀？莫非你能『一口吃成一個胖子』？」

yí cùn guāng yīn yí cùn jīn　cùn jīn nán mǎi cùn guāng yīn

一寸光陰一寸金　寸金難買寸光陰

釋義：比喻時間寶貴，必須珍惜。

例句：爸爸常説，「一寸光陰一寸金，寸金難買寸光陰」，要我抓緊時間好好學習，不要浪費一分一秒。

yì shān bù néng cáng èr hǔ

一山不能藏二虎　也作「一山不容二虎」

釋義：比喻一個地方不能容納兩個勢力或才幹相當的人。

例句：他的氣量真小，説甚麼有我沒他，有他沒我，莫非真的「一山不能藏二虎」？

yì bú zuò èr bù xiū
一不做二不休

釋義：要麼不幹，要幹就要幹
好，幹到底。

例句：小明「一不做二不休」，
只用了一個晚上便把整
個書櫃整理好了。

yì fū dāngguān wàn fū mò dí
一夫當關　萬夫莫敵　也作「一夫當關　萬夫莫開」

釋義：一個人把着關口，上萬人也打不進來，形容地勢十
分險峻。

例句：華山自古以險峻聞名，「一夫當關，萬夫莫敵」。

yì xīn bù néng èr yòng
一心不能二用

釋義：做事不能分心。

例句：「小明，一邊看電視一邊做作業，怎麼行呢？『一
心不能二用』啊！」

yì shǒu jiāo qián yì shǒu jiāo huò
一手交錢　一手交貨

釋義：指明碼實價的交易。

例句：推銷員對我說：「如有興趣的話，我們『一手交錢，
一手交貨』，兩不相欠！」

yì wénqián nán dǎo yīng xióng hàn
一文錢難倒英雄漢　也作「一文錢逼死英雄漢」

釋義：指一個很有本事的人，面對一個小問題而束手無策。

例句：爸爸上車前才發現自己忘了帶錢包出來，真是「一文錢難倒英雄漢」，只能眼睜睜看着巴士開走。

故事鏈接

　　宋太祖趙匡胤還沒有當上皇帝時，曾經窮困潦倒。

　　一天，天氣特別熱，他走在路上饑渴難耐，看見一片西瓜地，旁邊有位老人正在賣瓜。趙匡胤正要開口買瓜，一摸口袋，竟連一文錢也沒有。

　　這時，他想出一個賴賬的辦法。他打開一個瓜吃一口就説不甜，再打開一個吃一口又不甜，一直到吃飽都説不甜。

　　老人看出了他的意圖，生氣地説：「看你這人相貌堂堂，怎麼能做出這種混帳事呢？你沒錢就直説，何必要賴呢？！」

　　趙匡胤非常慚愧，滿臉通紅地離開了西瓜地。一路上，他不住地長歎：「哎，真是沒有一文錢，難倒英雄漢！」

yí rì dǎ yú　　shí rì shài wǎng
一日打魚　十日曬網　也作「三天打魚　兩天曬網」　貶

釋義：形容做事時間少，休息時間多；也比喻缺乏恆心，不能堅持不懈。

例句：鑽研任何學問，不能「一日打魚，十日曬網」，這種態度注定學而難成。

11

一日為師　終身為父
yí rì wéi shī　zhōngshēn wéi fù

釋義：做了師傅，一生就受到對方尊敬。

例句：<u>小李</u>躬身作揖，對<u>洪</u>師傅說：「從今我就是您的弟子了，『一日為師，終身為父』」。

一失足成千古恨　回頭已是百年身 貶
yì shī zú chéngqiān gǔ hèn　huí tóu yǐ shì bǎi niánshēn

也作「一失足成千古恨　再回首是百年身」

釋義：犯了大錯遺恨終身，縱想改正，也已來不及了。

例句：唉！「一失足成千古恨，回頭已是百年身」，<u>張</u>小姐當初就不該做出那樣的決定！

一朝被蛇咬　三年怕草繩
yì zhāo bèi shé yǎo　sān nián pà cǎo shéng

也作「一朝被蛇咬，十年怕草繩」

釋義：比喻受傷害後心有餘悸。

例句：<u>陳</u>同學「一朝被蛇咬，三年怕草繩」，他在足球場上跌傷了一次，便以後都不踢足球了。

yì shēngshòuyòng bú jìn

一生受用不盡 褒

釋義：一輩子享受、得益不盡。

例句：如果趁年輕時候把學問基礎打好，我們便會「一生受用不盡」！

yí zì zhí qiān jīn

一字值千金

釋義：比喻字寫得好或文字用詞恰當，十分可貴。

例句：這副對聯，標價三千五百元，可真稱得上是「一字值千金」呢！

故事鏈接

戰國末期，大商人呂不韋當上了丞相。他為了鞏固自己的地位，提高聲望，組織手下的門客編寫了一部書。這部書內容豐富，包涵了天地萬物古往今來的事理，被命名為《呂氏春秋》。

呂不韋對這部書非常滿意，令人把書全文抄出，放在京城咸陽城門處，並發出公告：「如果有誰能指出書中的錯誤，哪怕只是增加或刪除一個字，就可以得到一千兩黃金的賞賜！」

一時間，人們都來觀看，可是誰敢公開指出書中的錯誤，得罪丞相呢？所以過了很久，也沒有一個人敢提出來改動書中的一個字。

就這樣，全天下的人都知道了這部《呂氏春秋》，也知道了呂不韋的名字。

yì nián zhī jì zài yú chūn　yí rì zhī jì zài yú chén
一年之計在於春　一日之計在於晨

釋義： 指做事要提早打算和計劃。

例句： 「一年之計在於春，一日之計在於晨」，新年伊始，全班同學都訂出了新一年的學習計劃。

yì duǒ xiān huā chā zài niú fèn shang
一朵鮮花插在牛糞上

釋義： 比喻才貌出眾的女子嫁給才幹平庸或者相貌醜陋的丈夫。

例句： 在大家看來，漂亮活潑的姊姊嫁給了木訥寡言的姊夫，真是「一朵鮮花插在牛糞上」。

yì ér zài　zài ér sān
一而再　再而三

釋義： 指連續發生，或再接再勵。

例句： 我班「一而再，再而三」地發生打架事件，引起全校師生議論紛紛。

yí bù bù néng dēng tiān
一步不能登天

釋義： 形容辦事要循序漸進，不能求快。

例句： 學游泳要有個過程，想在幾天內甚麼都學會是不實際的，「一步不能登天」呀！

yì yán jì chū　　sì mǎ nán zhuī
一言既出　駟馬難追

釋義：話已說出來，不能反悔。

例句：大丈夫「一言既出，駟馬難追」，你可別把話說得
　　　那麼肯定呀！

yì bō wèi píng　　yì bō yòu qǐ
一波未平　一波又起

釋義：一件事尚未結束，另一件事又發生了。

例句：這小鎮剛鬧蟲災，接著又發生了大火，真是「一波
　　　未平，一波又起」。

yí gè bā zhǎng pāi bu xiǎng
一個巴掌拍不響

釋義：比喻一個人吵不成架或一個人辦不成事。

例句：「一個巴掌拍不響」，他倆都有不對的地方。

一個半斤　一個八兩

yí gè bàn jīn　yí gè bā liǎng

也作「半斤配八兩」、「半斤逢八兩」

釋義： 比喻彼此不相上下。

例句： 他倆「一個半斤，一個八兩」，誰都有錯！

一條腸　通到底

yì tiáochángtōngdào dǐ

也作「一根肚腸通到底」

釋義： 比喻性格直爽。

例句： 媽媽性格開朗，說話坦率，屬於「一條腸通到底」那類人。

一問三不知　貶

yí wènsān bù zhī

釋義： 不管怎樣問，總說不知道。比喻對實際情況瞭解得太少。

例句： 子明上課時悄悄看漫畫書，對老師的提問「一問三不知」。

一理通　百理明

yì lǐ tōng　bǎi lǐ míng

近義：「一竅通　百竅通」　褒

釋義： 比喻掌握到事物的關鍵、竅門之後，自然能融會貫通，全盤瞭解。

例句： 正所謂「一理通，百理明」，掌握了這道數學公式以後，我做起這一類數學題來就輕鬆多了！

一朝天子一朝臣

釋義： 一個人上了台，就換另一班人馬。

例句： 某報副刊主任換了人，連編輯也全部更換。「一朝天子一朝臣」，說得沒錯！

故事鏈接

皇上，一朝天子一朝臣！

　　南京有一條巷子叫做「秦狀元里」，這條巷子出了兩代姓秦的狀元。

　　第一個狀元便是南宋奸臣秦檜，由於他設計殺害岳飛，後人憎恨他，所以對他曾中過狀元的事跡不予記載，至今很少有人知道秦檜曾是一名狀元。

　　秦檜名聲不好，害得後人也受到牽連。乾隆十七年，南京又出了一名狀元叫做秦大士。秦大士被欽點為狀元前，乾隆皇帝懷疑他是秦檜的後裔，擔心有辱朝廷名聲。於是親自召見秦大士，問他是不是秦檜的後代。

　　秦大士趴在地上，汗如雨下，不知該如何回答：若如實相告，對前程不利；如果否認，便是欺君之罪，更對不起祖宗。秦大士不愧是才子，機智過人，壯起膽子高聲說道：「皇上，一朝天子一朝臣！」暗示宋高宗是昏君，任用的是奸臣；而乾隆是明君，任用的是忠臣。乾隆皇帝聽了龍顏大悅，當即欽點秦大士為狀元。

一碗水端平　褒

釋義： 比喻處理事情公正，不偏袒任何一方。

例句： 爸媽對孩子應該做到「一碗水端平」，公平對待才不會出現問題。

yì jiǎo tà liǎng chuán

一腳踏兩船　貶

也作「一腳踏了兩家船」或「腳踏兩條船」

釋義：形容附和兩種意見或兩面討好。

例句：到底贊成誰的意見，我們應該旗幟鮮明，總不能「一腳踏兩船」。

yí yè bì mù　bù shí tài shān

一葉蔽目　不識泰山　貶

也作「一葉蔽目　不見泰山」或「一葉障目　不識泰山」

釋義：比喻被眼前細小的事物所迷惑，看不到遠處和大處。

例句：我們看國際形勢，應看全局和趨勢，不能「一葉蔽目，不識泰山」。

yí wù bù kě zài wù

一誤不可再誤

釋義：已經做錯了，不可再錯。

例句：有那麼幾次的錯誤教訓，你「一誤不可再誤」了！

yì bí kǒng chū qì

一鼻孔出氣　也作「同一鼻孔出氣」　貶

釋義：形容同類臭味相投、互相包庇。

例句：其實他倆是「一鼻孔出氣」的，你可別上當。

yí yàng mǐ yǎng bǎi yàng rén　　yí yàng shù kāi bǎi yàng huā

一樣米養百樣人　一樣樹開百樣花

釋義： 比喻既要看到共性，又要看到特性。

例句： 世界上的人，個性和愛好無奇不有，就如「一樣米養百樣人，一樣樹開百樣花」。

yì shú sān fēn qiǎo

一熟三分巧

釋義： 熟能生巧。

例句： 「一熟三分巧」，只要多寫多練，文章自然能越寫越好。

yí qiàotōng　　bǎi qiàotōng

一竅通　百竅通　　近義：「一理通　百理明」

釋義： 關鍵的地方弄懂了，其他問題自然能夠融會貫通。

例句： 數學老師說：「加減乘除的基本原則很重要，掌握了，所有的四則運算都不難。所謂『一竅通，百竅通』嘛。」

yì lǎn shēng bǎi xié

一懶生百邪

釋義： 指做壞事往往因懶而起。

例句： 這犯人身強力壯，可惜賭、偷、扒樣樣染上，看來正合了「一懶生百邪」那句話吧！

yí xiè bù rú yí xiè

一蟹不如一蟹　近義：「一代不如一代」　貶

釋義：形容越來越壞，一個不如一個。

例句：十年來，這個國家人事變動很大，可惜管事者卻是「一蟹不如一蟹」。

📖 故事鏈接

古時候有個人叫作艾子，他以前從沒見過大海。

他第一次來到海邊，發現腳下有一個小動物在沙灘上橫着爬來爬去。艾子好奇地蹲下身子，仔細地觀察。

只見這動物的身子又扁又圓，周圍長着許多腳，最有趣的是身子是橫着爬的，速度還很快。

艾子見有漁夫經過，便指着小動物問漁夫，漁夫瞥了一眼，不以為然地告訴他這是螃蟹。艾子沿着沙灘繼續走，不一會兒又看到一些像螃蟹的動物，但是顏色不同，個頭也比先前看到的要小些。艾子不禁感嘆道：「怎麼一蟹不如一蟹了呢？」

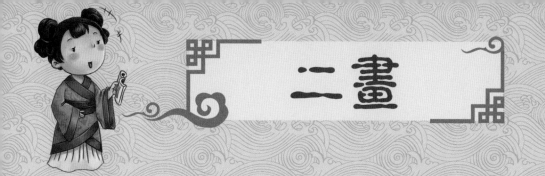

jiǔ niú èr hǔ zhī lì
九牛二虎之力

釋義：形容用盡了氣力。

例句：我們費了「九牛二虎之力」，才將那大衣櫃抬起來。

rén bù kě màoxiàng　　hǎi bù kě dǒuliáng
人不可貌相　海不可斗量

釋義：人的好壞或才能是不能單憑外貌來評定的。

例句：「人不可貌相，海不可斗量」，你怎可以貌取人呢？

rén bú wèi jǐ　　tiān zhū dì miè
人不為己　天誅地滅

釋義：人不為自己打算，就為天地所不容。

例句：他一向信奉「人不為己，天誅地滅」，不會幫我們的。

rén bù xué bù líng　　zhōng bù qiāo bù míng
人不學不靈　鐘不敲不鳴

釋義：人要聰明懂事，就要學習。

例句：「人不學不靈，鐘不敲不鳴」，你可要努力學習呀！

rén zhī xiāng zhī　　guì xiāng zhī xīn
人之相知　貴相知心

釋義： 知心者才是真正的好友。

例句： 錢財都是身外物，「人之相知，貴相知心」，好友
相互信任、相互支持，這才是最為難得的。

rén xīn bù zú shé tūn xiàng
人心不足蛇吞象　　貶

釋義： 形容貪得無厭。

例句： 世上有些人對金錢的胃口是永不滿足的，猶如「人
心不足蛇吞象」。

rén xīn ròu zuò
人心肉做　　也作「人心是肉做的」

釋義： 人應有同情心的意思。

例句： 「人心肉做」，看到銀幕上家破人亡的場面，我忍
不住流下淚來。

rén bǐ rén　　qì sǐ rén
人比人　氣死人

釋義： 人的情況是千差萬別的，事事
和他人相比，只是自尋煩惱。

例句： 爸爸常對我說：「『人比人，氣
死人。』我們應跟自己的過去相
比，看有沒有進步就行了。」

為甚麼我學習不如別人？

為甚麼我這麼差勁？！

rén zhèng bú pà yǐng zi xié

人正不怕影子斜　也作「身正不怕影子斜」

釋義：形容為人正派，就不怕流言蜚語。

例句：我們做任何一件事都會有人議論，其實「人正不怕
影子斜」，別人的話不必多理。

rén shēng yí shì　cǎo shēng yì qiū

人生一世　草生一秋

釋義：人生短暫，不要虛度光陰。

例句：「人生一世，草生一秋」，讓我們在有限的一生多
發些光和熱吧！

rén shēng qī shí gǔ lái xī

人生七十古來稀

釋義：古代中國人認為：人活到
七十歲已是少有的了。

例句：爺爺笑呵呵地說：「『人生
七十古來稀』，我今年八十
了，算是多活了十年囉！」

rén yǒu shī shǒu　mǎ yǒu shī tí

人有失手　馬有失蹄　也作「人有失足　馬有失蹄」

釋義：做事難免出錯。

例句：「人有失手，馬有失蹄」，考試時我檢查了好幾遍
試卷，結果還是沒能拿滿分。

rén yǒu zhì zhú yǒu jié

人有志　竹有節

釋義：人應有志氣或氣節。

例句：「人有志，竹有節」，楚國的屈原悲憤地投江報國，一直為後世所紀念。

rén sǐ liú míng　bào sǐ liú pí

人死留名　豹死留皮　　近義：「人過留名　雁過留聲」

釋義：人死了應留個好名聲。

例句：爺爺臨終前對我說：「『人死留名，豹死留皮』，你們從小就要愛惜名聲啊！」

故事鏈接

　　五代時期有一位名將叫王彥章，他跟隨梁太祖朱溫南征北戰，立下了汗馬功勞。

　　王彥章雖然是員武將，讀書不多，但他深明大義，常用俗語對人說：「人死了要留下好名聲，豹死了留下美麗的皮毛。」

　　後來，王彥章在一次戰鬥中因為寡不敵眾被敵軍活捉，敵國皇帝聽說他是一個難得的將才，便想盡辦法讓他歸順，繼續封他做將軍，但王彥章毫不猶豫地拒絕了。

　　他說：「哪有當將軍的人，早上替這個國家效力，晚上又為另一個國家做事的呢？如果那樣做，我還有甚麼臉面見天下人？你們還是死了這條心吧！」

　　最後王彥章慨然赴死，令世人敬重，實踐了自己的誓言，留下了很好的名聲。

rén lǎo xīn bù lǎo　　rén qióng zhì bù qióng
人老心不老　人窮志不窮

釋義：指年紀雖老，依然雄心壯志；環境雖不好，可是志氣不衰。

例句：這位老爺爺「人老心不老，人窮志不窮」，計劃用兩年時間完成一部五十萬字的語言工具書，真是令人佩服！

rén wú xìn ér bú lì
人無信而不立　　也作「人而無信　不知其可」

釋義：人必須講信用，否則怎麼能行呢？

例句：「人無信而不立」，像他這麼不講信用，怎麼可能貸到款呢？

rén zǒu chá liáng
人走茶涼

釋義：比喻世態炎涼，人情淡漠。

例句：「人走茶涼」，這位官員剛一退位，那些成天圍着他轉的人便不知哪兒去了。

rén mìng dà rú tiān
人命大如天

釋義：指人命之事非常重要。

例句：爸爸常說「人命大如天」，要我們一定注意安全。

rén pà chū míng zhū pà féi
人怕出名豬怕肥　　也作「人怕出名豬怕壯」

釋義：人出了名往往招致不必要的麻煩。

例句：「人怕出名豬怕肥」，這位明星大紅大紫之後，卻失去了上街購物的自由。

rén zhēng yì kǒu qì　　fó zhēng yì lú xiāng
人爭一口氣　佛爭一爐香　　近義：「人爭氣　火爭焰」

釋義：指人應該要爭氣。

例句：「人爭一口氣，佛爭一爐香」，你就向他道個歉吧！

rén wéi dāo zǔ　　wǒ wéi yú ròu
人為刀俎　我為魚肉

釋義：形容弱小者處境不利，任人宰割。

例句：「人為刀俎，我為魚肉」，他不得不接受這不平等的合約。

故事鏈接

　　秦朝末期，劉邦和項羽起兵造反，他們約定誰先佔領都城誰就稱王。結果劉邦先進都城並派兵把守，不讓項羽的軍隊進來。

　　項羽非常生氣，他的實力比劉邦強大得多，決定攻打都城，和劉邦爭奪統治權。項羽設下宴席，請劉邦赴宴。項羽手下的謀士幾次想除掉劉邦，只是項羽本人還下不了決心。

　　情況危急之時，劉邦藉口要上廁所，與謀士張良、樊噲商量如何向項羽辭行並且逃走，樊噲說：「如今人方為刀俎，我為魚肉，還去辭行做甚麼？」於是劉邦不辭而逃，躲過了這場災禍。

rén féng xǐ shì jīng shén shuǎng　　yuè dào zhōng qiū fèn wài míng
人逢喜事精神爽　　月到中秋分外明

[釋][義]：遇到喜慶之事，精神分外爽朗。

[例][句]：王叔叔升職加薪，又添了個小寶寶，近日春風滿面，
　　　　正是：「人逢喜事精神爽，月到中秋分外明」。

rén wàng gāo chù　　shuǐ wǎng dī liú
人望高處　水往低流

也作「人往高處走　水往低處流」

[釋][義]：指人都有進取心。

[例][句]：新公司薪酬出得高，他當然去那兒做了，沒甚麼奇
　　　　怪，「人望高處，水往低流」啊！

rén wú qiān rì hǎo　　huā wú bǎi rì hóng
人無千日好　花無百日紅

[釋][義]：比喻好景不長或友情難以持久。

[例][句]：「人無千日好，花無百日紅」，這間曾經風光一時
　　　　的大公司也面臨破產的局面。

rén wú wán rén　　jīn wú zú chì
人無完人　金無足赤

[釋][義]：人不可能完美。

[例][句]：俗話說：「人無完人，金無足赤。」我們對人不可
　　　　太苛求。

rén wú yuǎn lǜ　　bì yǒu jìn yōu
人無遠慮　必有近憂

釋義：凡事如不從長遠考慮，眼前的一切也必會受到影響。

例句：「人無遠慮，必有近憂」，阿勝從不儲蓄，這一次妻子的醫療費，傷透了他的腦筋。

rén guì yǒu zì zhī zhī míng
人貴有自知之明

釋義：人以能夠正確地認識自己為可貴。

例句：「人貴有自知之明」，否則時時處處自以為是，難免經常碰壁，因此虛心向人求教十分重要。

rén guò liú míng　　yàn guò liú shēng
人過留名　雁過留聲　　近義：「人死留名 豹死留皮」

釋義：人離去或死了，留下一個好名聲。

例句：「人過留名，雁過留聲」，這位政治家雖然英年早逝，但被許多民眾深深懷念。

rén suàn bù rú tiān suàn
人算不如天算　　也作「天算不由人算」

釋義：做事情有時最終的結果會與預期的相違，指做事要遵循自然規律。

例句：爸爸經過反覆研究才買進的股票突然大跌，真是「人算不如天算」！

rén qióng zhì duǎn　mǎ shòumáocháng
人窮志短　馬瘦毛長

釋義：指經濟上出現困難時，只好向他人求助。

例句：「人窮志短，馬瘦毛長」，<u>沈</u>先生欠了三個月房租，
　　　只好向好友伸手借了。

rén píng zhì qì hǔ píng wēi
人憑志氣虎憑威

釋義：人要有志氣。

例句：他那樣侮辱你，你應爭回這口氣，拿出點成績給他
　　　看，「人憑志氣虎憑威」啊！

bā jiǔ bù lí shí
八九不離十

釋義：差不多的意思。

例句：這個背包不是<u>美嫻</u>的，就是<u>芝萌</u>的，你看我猜個
　　　「八九不離十」吧？

shí bā bān wǔ yì
十八般武藝　也作「十八般兵器」、「十八般武器」

釋義：原指戈、刀、劍、矛等兵器的技藝，引申為很多技
　　　巧和方法。

例句：這一屆舞蹈比賽，她使出了「十八般武藝」，博得
　　　觀眾的熱烈掌聲，獲得了大獎。

shí nián shù mù　　bǎi nián shù rén

十年樹木　百年樹人　褒

釋義：比喻培育人材需有長遠計劃。

例句：「十年樹木，百年樹人」，確是如此，培育人材是
社會的百年大計，不可忽視。

shí huà dōu wèi yǒu yì piě

十畫都未有一撇　　也作「八字還沒一撇」

釋義：比喻事情還沒有眉目。

例句：聽説這裏要建一座大型商場？「十畫都未有一撇」
呢！

shí mó jiǔ nàn chū hǎo rén

十磨九難出好人

釋義：經歷多次磨難，容易鍛煉出人材。

例句：姊姊説：「『十磨九難出好人！』我可不願做溫室
裏的花朵，我要去社會上闖一闖。」

yòu yào mǎ er hǎo　　yòu yào mǎ er bù chī cǎo

又要馬兒好　又要馬兒不吃草

釋義：比喻要求不合理，要求過高卻不捨得付出。

例句：「又要馬兒好，又要馬兒不吃草」，這就是他的如
意算盤！

三畫

shān wài yǒu shān　rén wài yǒu rén
山外有山　人外有人

也作「人外有人　山外有山」、「山外有山　天外有天」

釋義：形容強中還有強中手。

例句：媽媽告誡我不要自視太高，須知「山外有山，人外有人」，世上的能人多着呢！

zhàng bā jīn gāng　　mō bu zháo tóu nǎo
丈八金剛　摸不着頭腦　也作「丈二金剛　摸不着頭腦」

釋義：比喻不知道事情真相。

例句：這件事太複雜也太微妙了，小明聽了半天，依然「丈八金剛，摸不着頭腦」。

zhàng fu yì yán　　kuài mǎ yì biān
丈夫一言　快馬一鞭　也作「君子一言　快馬一鞭」

釋義：形容男子漢說話就像策馬向前一樣，既說出了口，決不反悔。

例句：小華拍着胸膛說：「『丈夫一言，快馬一鞭』，你們今天看我數學考試拿一百分吧！」

sān rén xíng　bì yǒu wǒ shī
三人行　必有我師

釋義： 比喻要善於向他人學習。

例句： 做人不該自以為是，要牢記「三人行，必有我師」
這句話，多看別人的長處。

sān shí nián hé dōng　sān shí nián hé xī
三十年河東　三十年河西　　近義：「三十年風水輪流轉」

釋義： 形容世事盛衰興替，變化無常。

例句： 這間大公司曾經風光一時，如今不得不宣佈破產，
真是「三十年河東，三十年河西」！

故事鏈接

三十年河東，
三十年河西。

　　唐朝名將郭子儀因為平定叛亂立下
了汗馬功勞，皇帝為了獎賞他，不僅將公
主嫁給他的兒子，而且為他一家建造了富
麗堂皇的河東府。郭子儀去世後，他的孫
子由於從小嬌生慣養，長大後揮霍無度將
家產全敗光了，淪落到街頭流浪。

　　有一天，他來到河西莊，碰上一個農夫，正巧就是以前奶媽
的兒子，只是奶媽已經去世了。農夫請他到家裏作客。他吃驚地
發現農夫家牛馬成羣，糧食滿倉。

　　農夫告訴他，這份家業是他母親在世時，領着幾個兄弟辛苦
勞作，才建起來的。奶媽常常告訴他：「勤儉持家，受益無窮！」
郭子儀的孫子聽了這話非常慚愧。農夫不忘舊情，讓他幫忙管賬，
但沒想到他對管賬也一竅不通，農夫不禁歎息道：「真是三十年
河東享不盡榮華寶貴，三十年河西嘗盡饑寒冷眼！」

三寸不爛之舌

釋義：形容能説會道，善於辭令。

例句：那位推銷員憑着「三寸不爛之舌」，終於説服李太
太把化妝品買下來。

故事鏈接

　　戰國時期，各國爭奪勢力，其中許多讀書人憑藉三寸不爛之
舌四處遊説，這其中有一位佼佼者名叫張儀。

　　張儀是楚國人，曾拜著名的縱橫家鬼谷子為師，不過他早年
家裏很窮，經常被人瞧不起。有一次張儀受邀參加楚相的宴會，
宴會散了之後，楚相發現自己最貴重的一塊玉璧不見了，侍從們
説：「一定是張儀偷的！他又窮又無賴，除了他還能有誰？」

　　於是楚相派人把張儀抓來，百般拷打，把他家搜遍了也沒找
出來，只好把他放了。張儀的妻子傷心地哭道：「你何苦再去讀書、
遊説，不是自取其辱嗎？」

　　張儀安慰説：「不要哭，現在要緊的是，你看我的舌頭還在
不在，被打爛了沒有？」妻子被逗笑了，回答道：「還在！」張
儀歎口氣説：「那就不要緊，只要舌頭還在，我就一定會有出人
頭地的機會！」

　　後來，張儀投奔秦國，憑藉無敵口才當上了丞相，成為秦
王最器重的人，也成為當時最有名的外交家、縱橫家。

三句不離本行　也作「三句話不離本行」

釋義：形容一開口就總要談到與本行業有關的事。

例句：幾個畫家茶敘，「三句不離本行」，談的都是與畫
展、新出的漫畫刊物有關的事。

sān bǎi liù shí háng　　háng háng chū zhuàng yuán
三百六十行　行行出狀元

釋義：指各行各業都有專家和能人。

例句：王師傅在國際烹飪大賽中獲得了大獎，真是
「三百六十行，行行出狀元」啊！

sān gēng dēng huǒ wǔ gēng jī
三更燈火五更雞　　也作「三更火　五更雞」

釋義：形容讀書刻苦，早起晚睡。

例句：古時讀書人，為上京考試，常常是「三更燈火五更
雞」，苦讀不已。

sān jūn wèi dòng　　liáng cǎo xiān xíng
三軍未動　糧草先行　　也作「兵馬未動　糧草先行」

釋義：無論是打仗或做任何一件事，都必須事先做好充分
物質準備，才能有成功的把握。

例句：商戰一觸即發，各家商場「三軍未動，糧草先行」，
預先準備好各類貨物，準備市民搶購。

sān gè chòu pí jiang　　shèng guò zhū gě liàng
三個臭皮匠　勝過諸葛亮

也作「三個臭皮匠　湊個諸葛亮」

釋義：比喻人多出智慧。

例句：「三個臭皮匠，勝過諸葛亮」，大家商量了半天，
終於想出了解決難題的辦法。

shàng yí cì dàng　xué yí cì guāi
上一次當　學一次乖

[釋義]：吃一次虧，汲取一次教訓。

[例句]：「上一次當，學一次乖」，弟弟知道那棵樹下有個
大坑，便繞過那裏走另一條路了。

shàng qì bù jiē xià qì
上氣不接下氣　　近義：「氣喘吁吁」

[釋義]：形容喘不過氣來。

[例句]：跑到終點時，小明已是「上氣不接下氣」了。

shàngliáng bú zhèng xià liáng wāi
上樑不正下樑歪　[貶]

[釋義]：比喻上面的人或長輩行為不端正，下面的人或晚輩
受其影響，就跟着學壞。

[例句]：作父母的行為不文明，「上樑不正下樑歪」，孩子
自然就好不到哪兒去。

jiǔ bìngchéngliáng yī
久病成良醫

[釋義]：人病得久了，熟悉病理藥性，就能成為好醫生。形
容人長時間接觸某件事就能成為專家。

[例句]：俗話說「久病成良醫」，奶奶這些年來一直被一些
病痛煩擾，醫生看得多，醫院住得多，藥吃得多，
對自己的病也就瞭若指掌。

wángyáng bǔ láo　　wèi wéi wǎn yě

亡羊補牢　未為晚也　褒

釋義：丟失羊兒才去修羊圈，還不算遲。引申為事情已經
做錯，應設法及時去補救，免得再遭受損失。

例句：這次考得不好不要緊，下學期再努力吧，「亡羊補
牢，未為晚也」。

qiānzhàng má shéng　　zǒngyǒu yì jié

千丈麻繩　總有一結

釋義：事情總有個結果。

例句：「千丈麻繩，總有一結」。你們幾十年的恩怨，到
底了結了沒有呢？

qiān lǐ zhī xíng　　shǐ yú zú xià

千里之行　始於足下　褒

釋義：比喻偉大的事業，須從一點一滴做起。

例句：常言道：「千里之行，始於足下」。我們要打好知
識基礎，就要從小開始努力。

qiān lǐ zhī dī　　kuì yú yǐ xué

千里之堤　潰於蟻穴

釋義：比喻忽視小的漏洞，可以造成大禍。

例句：爸爸說：「這牆上的裂痕，我們還是趕快修補吧。
你別忘了『千里之堤，潰於蟻穴』！」

千里姻緣一線牽

釋義： 隔居兩地甚遠的男女結為夫妻。

例句： 表哥和定居在三藩市的女友莉莉下個月在香港結婚，真是「千里姻緣一線牽」呢！

qiān lǐ sòng é máo　　wù qīng qíng yì zhòng
千里送鵝毛　物輕情意重

也作「千里送鵝毛　禮輕人意重」

釋義： 禮物雖輕，情意卻深長。

例句： 旅居澳洲的好友，給我寄來了小小布袋鼠飾物，真是「千里送鵝毛，物輕情意重」啊！

故事鏈接

　　唐太宗時，西域回紇國為了表示對大唐的友好，派使者帶了一批珍奇異寶去拜見唐太宗。在這批貢品中，最珍貴的要數一隻當時十分罕見的珍禽——白天鵝。

　　一路上，使者親自餵水餵食，一刻也不敢怠慢。這天，隊伍來到湖邊，使者打開籠子，把白天鵝帶到水邊讓牠喝了個痛快。誰知白天鵝喝足了水，一搧翅膀，「撲喇喇」飛上了天！使者向前一撲，只抓到幾根羽毛，眼睜睜看着白天鵝飛得無影無蹤。

　　使者無奈，只好用一塊白布把鵝毛包好，又在布上題了一首詩，解釋了事情的經過。唐太宗看了那首詩，又聽了使者的訴說，非但沒有怪罪他，反而覺得他忠誠老實，不辱使命，就重重地賞賜了他。

qiān jīn nán mǎi huí tóu xiào
千金難買回頭笑

釋義 ： 指總結經驗很重要。

例句 ： 「千金難買回頭笑」，二哥終於對自己過去的濫賭
行為感到後悔了。

qiān shù lián gēn　　qiān zhǐ lián xīn
千樹連根　千指連心

釋義 ： 比喻事物之間存在千絲萬縷的聯繫。

例句 ： 王氏家族已有一百多年歷史，所謂「千樹連根，千
指連心」，這一片土地都是他家族的勢力範圍。

dà zhàng fu néng qū néng shēn
大丈夫能屈能伸

釋義 ： 有作為的人失意時能忍受委屈，得志時能施展抱負。

例句 ： 「大丈夫能屈能伸」，你就暫時忍耐一下吧！

dà shì huà xiǎo　　xiǎo shì huà wú
大事化小　小事化無　也作「大事化小　小事化了」

釋義 ： 指縮小或消除矛盾。

例句 ： 家中成員之間若有矛盾，應本着「大事化小，小事
化無」的原則加以解決。

dà chù zhuó yǎn　　xiǎo chù zhuó shǒu

大處着眼　小處着手

釋義：從大局出發，從細節做起。

例句：寫小說既要考慮主題，又得認真寫好每一章節的細部。這就是所謂「大處着眼，小處着手」的意思了。

dà yú chī xiǎo yú　　xiǎo yú chī xiā máo

大魚吃小魚　小魚吃蝦毛

釋義：舊時用作形容大商吞併、壓榨小商。

例句：這部電影反映了商家「大魚吃小魚，小魚吃蝦毛」的情況，令人感到驚心動魄！

dà huà pà suàn shù

大話怕算數

釋義：指吹牛經不起事實考驗。

例句：「大話怕算數」，且看他今天又吹甚麼牛皮吧！

dà shù hǎo zhē yīn

大樹好遮蔭

也作「大樹底下好遮蔭」

釋義：比喻借別人的勢力作靠山。

例句：「大樹好遮蔭」嘛，程老二天不怕地不怕，正因為他背後有個大靠山。

nǚ dà shí bā biàn
女大十八變

釋義： 指女孩在成長發育過程中容貌、性情變化很大。

例句： 大家都誇姊姊「女大十八變」，越變越好看了。

xiǎo bù rěn zé luàn dà móu
小不忍則亂大謀

釋義： 對小事不能忍讓，容易貽誤大事。

例句： 「小不忍則亂大謀」，對於軍事頗為重要，那些沉不住氣的將軍往往不能打勝仗。

xiǎo wū jiàn dà wū
小巫見大巫

釋義： 比喻相形之下，一個遠遠不如另一個。

例句： 我至今只寫了幾個字，但你整篇文章都寫好了，真是「小巫見大巫」。

xiǎo shí tōu zhēn　　dà shí tōu jīn
小時偷針　大時偷金

釋義： 小時當小偷，大了可能會發展到做強盜。

例句： 「小時偷針，大時偷金」，我們從小不要養成惡習。

小時偷針，長大偷金！

shānshang wú lǎo hǔ　　hóu zi chēng dà wáng
山上無老虎　猴子稱大王

釋義：因沒有出色人材，本領差一點的也出了名（掌了權）。

例句：真是「山上無老虎，猴子稱大王」！那樣一個貨色竟然當上了鎮長！

shāngāohuáng dì yuǎn
山高皇帝遠　也作「天高皇帝遠」

釋義：比喻沒有王法，無人管束。

例句：不要以為這裏「山高皇帝遠」，就沒有人管得了他橫行霸道、欺凌鄉里的行為，遲早會有人將他繩之以法！

shānqióngshuǐ jìn yí wú lù　　liǔ àn huāmíngyòu yì cūn
山窮水盡疑無路　柳暗花明又一村

釋義：形容絕處逢生，也用以比喻別有天地的風景區。

例句：汽車越過了大山，忽然大海出現在眼前，給人一種「山窮水盡疑無路，柳暗花明又一村」的強烈感覺。

gōngduō yì shú
工多藝熟　也作「工多出巧藝」

釋義：勤奮就可以有所創造。

例句：「工多藝熟」，周師傅用半年時間，終於完成了一件難度甚高的雕刻作品。

gōng yù shàn qí shì　　bì xiān lì qí qì
工欲善其事　必先利其器

釋義： 原意指工匠要做好活，就得有好工具；引申為要辦
　　　好一件事情，必須先作好準備工作。

例句： 「工欲善其事，必先利其器」，屠夫切割肉類時，
　　　必先將刀在磨石上磨一磨。

jǐ suǒ bú yù　　wù shī yú rén
己所不欲　勿施於人

釋義： 自己所不情願的，不要強加在別人身上。

例句： 「己所不欲，勿施於人」，你不喜歡被人戲弄，為
　　　甚麼又要戲弄別人呢？

四畫

bú rù hǔ xué　yān dé hǔ zǐ
不入虎穴　焉得虎子 　也作「不探虎穴，安得虎子」

釋義：焉：哪裏、怎麼。形容不冒風險是無法成功的。

例句：只有實地到那座山勘察才可瞭解礦藏的分佈狀況，
「不入虎穴，焉得虎子」説的正是這個道理。

📖 故事鏈接

　　公元 73 年，班超第一次出使西域。他帶領三十六名將士首
先來到鄯善國（今新疆若羌附近）商談建立友好邦交之事。開始，
國王對他很熱情，過了幾天，國王的態度忽然變得冷淡起來。這
是甚麼原因呢？班超一打聽才知道，三天前匈奴也派來了使者，
由於匈奴使者從中挑撥，因此國王對建立邦交之事猶豫不定。

　　面對險惡的形勢，班超立即召集將士商量對策。他説：「『不
入虎穴，焉得虎子』。只有連夜消滅匈奴使者，才能斷了國王投
靠匈奴的念頭。」當天夜裏，班超率人悄悄摸進匈奴使者的營地，
順風放起一把大火。班超和將士們以一當十，奮勇殺敵，經過一
番搏鬥，全殲匈奴一百餘人。國王宣佈從此和漢朝和睦相處。

bù bǐ bù zhī dào　yì bǐ xià yi tiào
不比不知道　一比嚇一跳

釋義：指要有比較才知自己的情形。

例句：真的是「不比不知道，一比嚇一跳」，原來我們球
隊的排名這麼落後。

bù kě zài dǎo fù zhé
不可再蹈覆轍

釋義： 轍為車輪經過所留下的痕跡。指不要再重犯錯誤。

例句： 伯父工廠的情形不妙，所以他建議叔叔還是投身其他行業，「不可再蹈覆轍」。

bù kě tóng rì ér yǔ
不可同日而語　　也作「不可同年而語」、「未可同日而語」

釋義： 事物性質不同，不可相提並論。

例句： 經過多年以後，兩位大學同學的財富、地位早已是「不可同日而語」。

bù dǎ bù xiāng shí
不打不相識　　也作「不打不成相識」、「不打不成相與」

釋義： 不經衝突或打交道，彼此就不會相交或瞭解。

例句： 經過那次誤會，他倆反而成了好朋友，真是「不打不相識」！

bù rú yì shì shí cháng bā jiǔ
不如意事十常八九

釋義： 不如意的事很多，但很少可對人直說。

例句： 正是「不如意事十常八九」，我常見周伯伯神情憂鬱，可是問他何事，他又悶聲不語。

bú zì yóu wú nìng sǐ
不自由 毋寧死

釋義： 形容自由比生命更重要。

例句： 「生命誠可貴，愛情價更高；若為自由故，兩者皆可拋！」這是匈牙利著名詩人裴多菲的名詩，充分表現了他為國家、為民族「不自由，毋寧死」的情操！

bù qiú tóng rì shēng zhǐ yuàntóng rì sǐ
不求同日生 只願同日死 　近義：「生死與共」

釋義： 形容友情深厚。

例句： 關羽、張飛、劉備三人在桃園結義，「不求同日生，只願同日死」。

📖 故事鏈接

漢朝末年，朝廷腐敗，天下大亂。劉備是漢王室的遠房子孫，有意幹一番大事業。

劉備二十八歲那年，幽州太守招募義兵。劉備在應徵從軍的路途中，遇到關羽、張飛兩人。三人一見如故，志同道合，決心集合鄉裏的勇士共同為國家出力。張飛説：「我莊上有座桃園，桃花開得正盛。明天我們三人就在園中祭拜天地，結為兄弟，協力同心，以後一起共圖大事。」劉備、關羽齊聲贊同。

第二天，在桃園中，三人準備下祭品，焚香結拜為兄弟。按年齡排序，劉備為大哥，關羽老二，張飛為弟。三人共同發誓：「我們三人雖不同姓，願結為兄弟。從此以後同心協力，救困扶危。上報國家，下安百姓。不求同日生，只願同日死……」

不見棺材不流眼淚　也作「不見棺材不落淚」

bú jiàn guān cai bù liú yǎn lèi

釋義：形容未到絕望時不會死心。

例句：那傢伙是「不見棺材不流眼淚」的，還猶豫甚麼呢？給他一點厲害看看吧！

不到黃河心不死　也作「不到烏江心不死」

bú dào huáng hé xīn bù sǐ

釋義：不到走投無路時決不甘休。

例句：科技人員經歷無數次失敗，但憑着「不到黃河心不死」的決心，終於研發出了這款高科技產品。

不怕一萬　只怕萬一

bú pà yí wàn　zhǐ pà wàn yī

釋義：必須防備發生意外。

例句：「不怕一萬，只怕萬一」，煙頭不要亂丟！火警往往就是這樣引起的！

不怕不識貨　就怕貨比貨

bú pà bù shí huò　jiù pà huò bǐ huò

釋義：有比較才有鑑別。

例句：兩套音響組合先後試用，優劣就馬上看出來了，真是「不怕不識貨，就怕貨比貨」啊！

_{bú pà guān} _{zhǐ pà guǎn}
不怕官　只怕管　也作「不怕縣官，只怕現管」

釋義：直接管束自己的人比高官更可怕。

例句：俗話說：「不怕官，只怕管」，孩子們沒有理會校長的話，但一看到老師嚴厲的眼神，便立刻安靜了。

_{bù zhī zhě bú zuì}
不知者不罪　也作「不知不罪」、「不知者不做罪」

釋義：不是有意犯錯誤就不用責怪他。

例句：老人家視力不好，沒看見旁邊的牌子上寫的字，「不知者不罪」，道路只好重新再鋪過嘍！

_{bú yuàn tiān} _{bù yóu rén}
不怨天　不尤人　褒

釋義：尤：罪過、怨恨。不要怨恨老天，也不要怨恨別人；指如果出甚麼事，不要只強調客觀因素，應多反省自己。

例句：哥哥網球賽上輸給了對手，但他「不怨天，不尤人」，而是暗下決心以後刻苦訓練，提高水平。

bú shì yuān jia bú jù tóu
不是冤家不聚頭　　也作「不是冤家不聚會」

釋義：冤家：仇人，也作情人的暱稱。不是冤家就碰不到
　　　一塊。

例句：「不是冤家不聚頭」，就在酒會上，彼此成見很深
　　　的老馬與老侯再次相遇！

bú shì yú sǐ　　jiù shì wǎng pò
不是魚死　就是網破　　近義：「不是你死　就是我活」

釋義：形容雙方勢不兩立，拼個
　　　你死我活。

例句：「不是魚死，就是網破」，
　　　這次拳壇爭霸賽，真是十
　　　分緊張刺激！

bú wèn qīng hóng zào bái
不問青紅皂白　　貶

釋義：不管是非曲直。

例句：事情還沒調查清楚，爸爸就把子明叫來，「不問青
　　　紅皂白」地訓斥了一頓。

bù jīng yì fān hán chè gǔ　　zěn dé méi huā pū bí xiāng
不經一番寒徹骨　怎得梅花撲鼻香

釋義：比喻不經一番艱辛，體會不到（或得不到）成功或
　　　幸福。

例句：「不經一番寒徹骨，怎得梅花撲鼻香？」如果不是
　　　爸媽共同奮鬥，我們怎麼有今天這樣幸福的家？

bù dāng jiā bù zhī chái mǐ guì
不當家不知柴米貴

釋義： 比喻不擔當重任，就不知道其中的艱辛。

例句： 他從小衣食無憂，哪裏知道家中的開銷有多大，真
是「不當家不知柴米貴」！

bù guǎn sān qī èr shí yì
不管三七二十一

釋義： 不管對不對；不顧一切。

例句： 我們做智力題時要多動腦筋才作答，不能「不管
三七二十一」，照加減乘除的常理去作答。

bù guǎn hēi māo bái māo   zhuā dào lǎo shǔ jiù shì hǎo māo
不管黑貓白貓　抓到老鼠就是好貓

釋義： 比喻無論用甚麼方法，只要有效果就是好方法。

例句： 「不管黑貓白貓，抓到老鼠就是好貓」，誰的能力
強，誰就擔任探險隊長，大家都沒有異議。

bù yuǎn qiān lǐ ér lái
不遠千里而來　　也作「不遠萬里而來」

釋義：從遙遠的地方來到。

例句：家明生日，爺爺從溫哥華「不遠千里而來」，參加
他的生日會。

bù míng zé yǐ　　yì míng jīng rén
不鳴則已　一鳴驚人　褒

釋義：形容默默無聞的人突然有所表現，而且一表現就很
突出，而且驚人。

例句：電影新人莉菁在《春天》一片中「不鳴則已，一鳴
驚人」，出色的演技得到觀眾的一致讚賞。

故事鏈接

戰國時代，齊國的威王本來很有才
智，但是即位以後，卻沉迷於酒色，不
管國家大事，每日只知飲酒作樂。大臣
們因為畏懼他，所以沒有人敢出來勸諫。

朝中有位能言善辯的大臣名叫淳於
髡（粵音「昆」），決定想辦法勸告齊威王。
一天，淳於髡對齊威王說：「大王，我們國中有隻大鳥，棲息在
宮廷的大殿之上，已經整整三年了，可是牠既不飛也不叫，您知
道這是為甚麼嗎？」

齊威王一聽就知道淳於髡在諷刺自己像那隻大鳥一樣。於是他
沉吟了一會兒之後說：「這隻大鳥，你不知道，牠不飛則已，一飛
就直衝雲霄；牠不鳴則已，一鳴就會驚動天下。你就等着瞧吧！」

從此齊威王不再沉迷飲酒作樂，而是整頓朝政。全國上下，
很快就振作起來，到處充滿蓬勃的朝氣。

bù dǒngzhuāngdǒng　　yǒng shì fàn tǒng
不懂裝懂　永世飯桶

釋義：不懂而又不請教別人，就永遠糊塗。

例句：不懂就不懂，謙虛求教，沒甚麼難為情的；「不懂
　　　裝懂，永世飯桶」！

zhōngkàn bù zhōngyòng
中看不中用　也作「中看不中吃　中吃不中看」

釋義：外表好看的不實用，實用的卻不一定好看。

例句：甲廠生產的電器，「中看不中用」；乙廠的呢，恰
　　　恰相反，「中用不中看」，還是實際一點，買乙廠
　　　製造的吧！

wǔ shí bù xiào bǎi bù
五十步笑百步

釋義：形容差不了多少。

例句：這次英文考試美欣考得五十分，文輝考得四十分，
　　　美欣說文輝成績不好，真是「五十步笑百步」。

故事鏈接

　　戰國時，孟子跟梁惠王談話，打了一個比方：

　　有兩個兵在前線敗下來，一個逃跑了五十步，另一個逃跑了
一百步，逃跑了五十步的就譏笑逃跑了一百步的，說他不中用。
其實兩人都是在逃跑了，只是跑得遠近不同罷了。這句諺語用來
比喻自己跟別人有同樣的缺點或錯誤，只是程度上輕一些，可是
卻譏笑別人。

rén zhě jiàn rén　　zhì zhě jiàn zhì

仁者見仁　智者見智　也作「見仁見智」　

釋義：同一個問題，不同的人有不同的看法。

例句：這位新選出來的港姐，在公眾心目中到底美不美，真是「仁者見仁，智者見智」了。

gōng dào zì zài rén xīn

公道自在人心　褒

釋義：是非自有公論。

例句：「公道自在人心」，我們的聲明看來不必發表了，大家都同意我們的觀點。

huà gān gē wéi yù bó

化干戈為玉帛

釋義：消除戰爭，實現和平。

例句：世界人民愛好和平，近年，不少國家的領導人都在為「化干戈為玉帛」而努力。

故事鏈接

　　從前夏部落的首領鯀為了保護自己，建造了很高的城牆，挖了很深的護城河，將自己和百姓圍在裏面。但百姓們都想離開他，別的部落也對他們虎視眈眈。

　　後來鯀的兒子禹當了首領，發現這一情況後，就拆毀了城牆，填平了護城河，把財產分給大家，毀掉了兵器，用道德來教導人民，於是大家都各盡其職。別的部落得知這個消息，也願意前來歸順於他。各部落之間從此和平共處，不再打仗。

huà fǔ xiǔ wéi shén qí
化腐朽為神奇

釋義： 形容創造性地把陳舊的東西變為新鮮的東西。

例句： 設計師將一些廢舊的物品改造成時尚的日常用品，真是「化腐朽為神奇」。

tiān xià wū yā yì yàng hēi
天下烏鴉一樣黑　　也作「天下老鴰一般黑」　貶

釋義： 比喻世界上壞人的本質都一樣。

例句： 「天下烏鴉一樣黑」，這兒有貪財腐敗的官員，那兒也一樣有。

tiān xià wú nán shì　　zhǐ pà yǒu xīn rén
天下無難事　只怕有心人　褒

也作「世上無難事，只怕有心人」

釋義： 只要有志氣，甚麼困難都可以克服。

例句： 「天下無難事，只怕有心人」，你從現在起就認真學習，還怕將來升不上大學嗎？

tiān zǐ fàn fǎ　　yǔ shù mín tóng zuì
天子犯法　與庶民同罪　　也作「王子犯法　與庶民同罪」

釋義： 指法律無情而公正，犯了法都要嚴格處理。

例句： 「天子犯法，與庶民同罪」，這個國家的財政部長因貪污受審，被判了兩年徒刑。

tiān shēng wǒ cái bì yǒu yòng
天生我材必有用

釋義： 形容一種對施展自己才華的自信。

例句： 「天生我材必有用」，我們不該自暴自棄，應該努力不懈。

tiān zì dì yī hào
天字第一號　　也作「天字號」

釋義： 最好或出眾之意。

例句： 在美國，他的知名度、收入都屬「天字第一號」。

tiān yǒu bú cè fēng yún　　rén yǒu shà shí huò fú
天有不測風雲　人有霎時禍福

也作「天有不測風雲　人有旦夕禍福」

釋義： 形容人的命運如同天氣的無常，難於預料。

例句： 「天有不測風雲，人有霎時禍福」，誰料到外表看來那麼健康的他，昨天回家就一睡不起？

tiān yá hé chù wú fāng cǎo
天涯何處無芳草

釋義： 芳草比喻美人、自由、幸福或所追求的理想。比喻美好之物到處都有。

例句： 「『天涯何處無芳草』，相信你會找到自己的知音的！」爸爸安慰失戀的哥哥。

tiān wú jué rén zhī lù
天無絕人之路　近義：「絕處逢生」

釋義： 上天不會存心斷絕人們的生機。

例句： 果然是「天無絕人之路」，正當他失業而感到前途
渺茫之時，朋友介紹了一份好工作給他。

tiān wǎng huī huī　shū ér bú lòu
天網恢恢　疏而不漏　也作「法網恢恢　疏而不漏」

釋義： 法網雖寬，也不會放過一個壞人。

例句： 「天網恢恢，疏而不漏」，那夥劫匪最近被警察捉
拿歸案了。

tiān jī bù kě xiè lòu
天機不可洩漏

釋義： 秘密不可以透露。

例句： 老人突然睜開眼說：「『天機不可洩漏』，今天我
只能告訴你這麼多了，你請回吧。」

tài suì tóu shang dòng tǔ
太歲頭上動土

釋義： 比喻觸犯禁條或權勢，膽大妄為。

例句： 你還能怎麼著？你敢在「太歲頭上動土」？你也不
先去打聽打聽，他們是幹甚麼的。咱們還是別再招
惹他們啦，惹不起！

^{shǎo chī duō zī wèi} ^{duō chī huài dù pí}
少 吃多滋味　多吃壞肚皮

也作「少吃多滋味　多吃壞肚腸」

釋義： 指胃腸有一定容量，不可大吃大喝。

例句： 媽媽對弟弟說：「朱古力可別吃太多了，『少吃多
滋味，多吃壞肚皮』啊！」

^{shàozhuàng bù nǔ lì} ^{lǎo dà tú shāng bēi}
少 壯 不努力　老大徒 傷 悲

釋義： 青少年時不努力，到了老年才後悔，也沒有用了。

例句： 林老師在子明的紀念冊上留言：「少壯不努力，老
大徒傷悲。」

^{chǐ yǒu suǒ duǎn} ^{cùn yǒu suǒ cháng}
尺有所短　寸有所 長　也作「尺短寸長」、「寸長尺短」

釋義： 比喻人都各有長處，也各有短處，彼此都有可取之
處。

例句： 「尺有所短，寸有所長」，家偉雖學習成績不好，
但他也有自己的閃光點──體育特別擅長啊！

xīn yǒu yú ér lì bù zú

心有餘而力不足　近義：「有心無力」、「力不從心」

釋義： 想做而力量不夠。

例句： 他一家經濟條件很差，我很想幫忙，但又「心有餘而力不足」。

xīn yǒu líng xī yì diǎntōng

心有靈犀一點通

釋義： 原比喻男女心心相印，引申為雙方心意相通，心領神會。

例句： 這對雙打運動員配合得十分默契，「心有靈犀一點通」，難怪會所向無敵呢！

xīn bìngnán yī

心病難醫

釋義： 思想問題不易一下解決。

例句： 老婆婆的兒子在車禍中死去，從此她就憂鬱成疾，這是「心病難醫」啊！

xīn jiān shí yě chuān

心堅石也穿

釋義： 只要有恆心，任何困難都可以克服。

例句： 家明的姊姊克服了身體的缺陷，勤奮鑽研，「心堅石也穿」，終於考取了碩士。

rì yǒu suǒ sī　yè yǒu suǒ mèng
日有所思　夜有所夢

[釋][義]：白天有了思念或考慮，晚上就會做夢。

[例][句]：小維愛跑步，對即將到來的田徑比賽感到興奮，近來夜裏常説夢話：「衝啊！」真是「日有所思，夜有所夢」。

rì jì bù zú　suì jì yǒu yú
日計不足　歲計有餘　[褒]

[釋][義]：積累久了就可看出成績。

[例][句]：媽媽對嘉瑩説：「一天儲蓄五塊錢，看起來很少，但『日計不足，歲計有餘』啊！」

bǐ shàng bù zú　bǐ xià yǒu yú
比上不足　比下有餘

[釋][義]：處於中間狀態。

[例][句]：家明的學習成績在班裏一直是「比上不足，比下有餘」。

shuǐ huǒ bù xiāng róng
水火不相容　也作「水火不容」

[釋][義]：比喻尖鋭對立不能共處。

[例][句]：看他們「水火不相容」，到底有甚麼解決不了的矛盾呢？

58

shuǐshēn bù xiǎng　　shuǐxiǎng bù shēn
水深不響　水響不深

釋義： 比喻有學問者多沉默，好吹噓者多學問不足。

例句： 所謂「水深不響，水響不深」，好學的哥哥就從不
　　　到處吹噓自己，你要向他學習才行呀！

huǒshāoméimao gù yǎnqián
火燒眉毛顧眼前

釋義： 形容救急。

例句： 火越燒越大，母親「火燒眉毛顧眼前」，拉着孩子
　　　就衝下樓，連貴重物品也來不及帶走。

niú tóu bú duì mǎ zuǐ
牛頭不對馬嘴　　也作「牛頭不對馬面」　近義：「雞同鴨講」　貶

釋義： 比喻兩方不相合。

例句： 他問的是澳洲氣候情況，你卻說了一通那兒的住房
　　　問題，真是「牛頭不對馬嘴」呀！

wáng pó mài guā　　zì mài zì kuā
王婆賣瓜　自賣自誇　貶

也作「老王賣瓜 自賣自誇」　近義：「賣瓜的說瓜甜」

釋義： 比喻自我吹噓。

例句： 俗話說：「王婆賣瓜，自賣自誇。」我就來誇誇我
　　　的特長吧！

　　宋朝時，有一個叫王坡的人，說話做事總是婆婆媽媽的，所以大家給他起了個外號叫「王婆」。

　　有一年，王婆從西夏運了許多哈密瓜到京城裏去賣。可是當地人以前沒見過哈密瓜，所以根本沒人來買。王婆有些着急，大聲吆喝起來，不停地向來往的行人誇讚自己的瓜有多好吃，還剖開來讓過路的行人品嚐。

　　正巧，皇帝出宮巡視，聽到喧嘩，來到王婆攤前。王婆趕緊捧上一個瓜獻給皇帝。皇帝嚐了一口，覺得味道很甜，就問他：「你的瓜這麼好吃，為甚麼你還要這樣賣力吆喝？」

　　王婆說：「這瓜來自西夏，沒人認識，我不叫就沒人來買了！」

　　皇帝笑道：「做買賣還是應該像王婆這樣，自賣自誇呀！」

　　於是，「王婆賣瓜，自賣自誇」這句諺語就流傳開來，直到今天。

bàn lù shang shā chū gè chéng yǎo jīn
半路上殺出個程咬金　也作「措手不及」

釋義：指的是發生了原本沒有預料到的事情。

例句：他馬上要與客戶簽約了，可沒想到「半路上殺出個程咬金」，把他的客戶給搶走了。

故事鏈接

　　程咬金，是唐朝著名的開國大將。他為人憨厚耿直，常使一對板斧作為武器。程咬金年輕的時候，家裏很窮，母親體弱多病，全家靠他在市場上賣柴維持生活。

　　由於當時政治腐敗，天下大亂。有個名叫尤俊達的人發現每年都有官員搜刮民脂民膏獻給皇帝，於是就打起了搶劫貢品的主意。

　　他找到膽略過人、武藝高強的程咬金作助手，埋伏在官兵押運的路上。當押運貢品的車隊經過時，他們便如餓虎下山一般，跳出來將車隊截住，與護送的官兵展開戰鬥。不論官兵的數量有多少、本領有多麼高強，都被從半路上殺出來的程咬金用板斧殺得落荒而逃。程咬金也因此威名遠揚。

zhǐ zhī qí yī　　bù zhī qí èr
只知其一　不知其二　近義：「一知半解」

釋義：只瞭解一方面，不瞭解另一方面。

例句：你「只知其一，不知其二」，其實此事另有內情。

zhǐ yào gōng fu shēn　　tiě chǔ mó chéng zhēn
只要功夫深　鐵杵磨成針

也作「只要功夫深　鐵柱磨成針」

釋義：有恆心、肯用功，任何難事都可以做成功。

例句：「只要功夫深，鐵杵磨成針」，你既然想成為鋼琴家，就要多聽多練。

zhǐ xǔ zhōu guān fàng huǒ　　bù xǔ bǎi xìng diǎn dēng
只許州官放火　不許百姓點燈　貶

釋義：比喻只許自己任意而為，不許他人有正當的權利。

例句：他自己怎麼說都可以，卻不允許別人提出一句反對意見，這不是「只許州官放火，不許百姓點燈」嗎？

故事鏈接

　　宋朝時，有個太守名叫田登。他為人蠻橫專制，並且學皇帝的樣子，規定全州的人在說話或文章中，不准出現「登」字，就連和「登」諧音的的字，如「燈」、「蹬」也不允許使用，必須用其他字代替，否則就認為是對他不恭敬，抓起來鞭打。

　　宋朝每年正月十五都要舉行燈市，州城裏放三天焰火，懸掛各式花燈，供人們觀賞。官府要提前貼出告示，讓百姓知曉。可是在告示中怎麼才能避開「燈」字呢？這讓寫告示的官員十分為難。

　　後來，人們看見了這樣一則佈告：「本州依例放火三日。」佈告一出，頓時成了笑話，外地來的客人還以為官府真要在城裏放火三天呢！百姓們本來對田登的蠻橫無理非常不滿，更加忿忿不平地說：「只許州官放火，不許百姓點燈。真是欺人太甚！」

kě wàng ér bù kě jí
可望而不可即　　近義：「遙不可及」

釋義：看得見而不能接近。

例句：那座山太高了，對我來説似乎是「可望而不可即」。

sī mǎ zhāo zhī xīn　　lù rén jiē zhī
司馬昭之心　　路人皆知

釋義：野心非常明顯，為人所共知。

例句：他表面上對老人惟命是從，可實際上是「司馬昭之心，路人皆知」，大家都知道他是看上了老人的家產。

故事鏈接

　　司馬昭是三國時魏國的大將，掌握了魏國的軍政大權。他野心很大，總想取代當時的皇帝。年輕的皇帝知道自己遲早會被司馬昭除掉，就打算鋌而走險，用突然襲擊的辦法，除掉司馬昭。

　　一天，皇帝把幾位心腹大臣找來，對他們説：「司馬昭之心，路人皆知也。我不能白白等死，你們同我一道去除掉他吧！」幾位大臣知道他們都不是司馬昭的對手，便勸皇帝暫時忍耐。

　　可是，皇帝沒有接受勸告，一意孤行，親自率領左右僕從、侍衞數百人去襲擊司馬昭。誰知司馬昭早已收到了消息，立即派兵阻截，把皇帝殺掉了。

shī zhī dōng yú　　shōu zhī sāng yú
失之東隅　　收之桑榆

釋義：東隅指東方。桑榆指傍晚日影落在桑榆樹梢，代表西方。指東方失去的，在西方收回來。比喻得到補償。

例句：「失之東隅，收之桑榆」，他轉戰商場後終獲成功。

shī bài nǎi chénggōng zhī mǔ
失敗乃成功之母

釋義： 失敗的教訓是成功的基礎。

例句： 「失敗乃成功之母」，我們不要氣餒！

qiǎo fù nán wéi wú mǐ zhī chuī
巧婦難為無米之炊　　也作「巧媳婦煮不得沒米粥」

釋義： 比喻做事缺少必要條件，很難做成。

例句： 雖然大家有熱情，但是「巧婦難為無米之炊」，沒有原料，只能停工。

píngshēng bú zuò kuī xīn shì　　bàn yè qiāomén yě bù jīng
平生不做虧心事　　半夜敲門也不驚

也作「白天不做虧心事　半夜不怕鬼敲門」

釋義： 沒做虧心事，就不怕別人來找麻煩。

例句： 警察明天來找他，是為了破案需要，「平生不做虧心事，半夜敲門也不驚」，所以他一點兒也不緊張。

píng shí bù shāoxiāng　　lín jí bào fó jiǎo
平時不燒香　　臨急抱佛腳

也作「閒時不燒香，急來抱佛腳」

釋義： 比喻平時沒有準備，到事急時就驚慌。

例句： 期考快到了，小康「平時不燒香，臨急抱佛腳」，怎麼考得好？

dǎ gǒu kàn zhǔ ren miàn
打狗看主人面

釋義： 比喻因看在某種關係上原諒他人。

例句： 「要不是他的父親與我關係不錯，『打狗看主人
面』，我才不想跟這種不講信用的人來往呢！」爸
爸氣憤地説道。

dǎ shì téng   mǎ shì ài
打是疼   罵是愛

釋義： 責備、打罵是為了愛惜。

例句： 媽媽對頑皮的弟弟説：「『打是疼，罵是愛』。你
知道我為甚麼打罵你嗎？」

dǎ shé bù sǐ   zì yí qí hài
打蛇不死   自遺其害   也作「打蛇不死　反受其害」

釋義： 比喻除害不徹底，反而留下了禍害。

例句： 他後悔地説道：「我們的心太軟了，如今是『打蛇
不死，自遺其害』了！」

dǎ shé suí gùnshàng
打蛇隨棍上　　也作「木棍打蛇　蛇隨棍上」

釋義：比喻善於隨機應變。

例句：智友見父親情緒轉好了，就「打蛇隨棍上」，說：「爸，我去宿營的事，你不反對了吧？」

dǎ kāi tiānchuāngshuōliànghuà
打開天窗說亮話

釋義：有話明說之意。

例句：不要拐彎抹角了，我們「打開天窗說亮話」吧：這件事你到底同意不同意？

dǎ zhǒngliǎn kǒngchōngpàng zi
打腫臉孔充胖子　　也作「打腫臉充胖子」　　貶

釋義：比喻硬撐體面。

例句：窮就窮罷，我們大可不必「打腫臉孔充胖子」，反讓人瞧不起！

mín yǐ shí wéi tiān
民以食為天

釋義：食是民生中最主要的問題。

例句：「民以食為天」，這個國家形勢一緊張，市面上就出現搶購大米的狂潮。

yù bù zhuó　bù chéng qì
玉不琢　不成器

釋義： 比喻人必須經過磨練才能成材。

例句： 「玉不琢，不成器」，就讓他到老師那兒學吧！

故事鏈接

　　春秋時期，楚國有個名叫卞和的人，有一天在山裏砍柴時，發現了一塊沒有雕琢過的玉石。卞和打算把玉石獻給當時的楚厲王。可沒想到，宮裏的玉匠竟說這只是一塊普通的石頭，楚厲王很生氣，認為卞和犯了欺君之罪，令人砍去了他的左腳。

　　厲王死後，武王繼位，卞和又將這塊玉石獻給武王；可是，仍然遭受了同樣的命運。卞和失望的抱着石頭，在山腳下哭了三天三夜。楚文王即位後知道了這件事，派人將卞和請進宮來，命令玉匠把石頭好好打磨一下，發現裏面果然藏着一塊上等的美玉，於是將它命名為「和氏璧」。後來，秦始皇統一天下後，將這塊價值連城的美玉雕刻成玉璽，成為皇權的象徵。

shēng mǐ zhǔ chéng shú fàn
生米煮成熟飯　　也作「生米已成熟飯」

釋義： 大局已定，無法更改了。

例句： 事情到如今，「生米煮成熟飯」，不好再說他了。

bàn tǒng shuǐ
半桶水　　近義：「事半通　不如一事精通」

釋義： 博不如專的意思。

例句： 他其實無一事精通，不過是「半桶水」罷了。

以小人之心　度君子之腹　貶

釋義：指以狹隘的氣量去測度他人。

例句：我提意見是出於好意，可她說我妒嫉她，這不是「以小人之心，度君子之腹」嗎？

故事鏈接

　　相傳明朝有個小偷，聽說有個叫王翱的人品質高尚。小偷心想：這世上難道真有不貪財的人嗎？於是決定試探一下。第二天一早，小偷把偷來的一包銀子放在王翱家門口。沒想到王翱真的沒有理會。小偷上前對王翱說：「久聞大名，今日一見，果然名不虛傳！」王翱莫名其妙，不解地問是怎麼回事，小偷一五一十地告訴了他經過。王翱聽完笑着說：「真是以小人之心，度君子之腹啊！」小偷聽後，深感慚愧，決心痛改前非，不再以偷盜為生。

yǐ qí rén zhī dào　huán zhì qí rén zhī shēn

以其人之道　還治其人之身

釋義：用他使用的手段來對付他。

例句：那個專愛偷取別人鞋子為樂的頑童，被憤怒的同伴暗中取去鞋子，「以其人之道，還治其人之身」。

yǐ yá huán yá　　yǐ yǎn huán yǎn

以牙還牙　以眼還眼　也作「以毒攻毒　以火攻火」

釋義：用對方使用的厲害方法對付對方。

例句：這本武俠小說提到的解毒方法，正是「以牙還牙，以眼還眼」，因為主人公所用的解藥，也是一種含毒性的植物。

rèn píngfēnglàng qǐ　　wěn zuò diào yú chuán
任憑風浪起　穩坐釣魚船

也作「任憑風浪起　穩坐釣魚台」

釋義： 比喻即使身處險境，也不會動搖信心。

例句： 股票狂跌，可叔叔卻「任憑風浪起，穩坐釣魚船」，
原來他早將手中股票拋出了。

xiān xiǎo rén　　　hòu jūn zǐ
先小人　後君子

釋義： 先把條件等必須的事項事前講好，以免日後發生爭
執。

例句： 房東對看房子的人說：「『先小人，後君子。』我
們還是先把租金等細節講清楚吧。」

xiān tiān xià zhī yōu ér yōu　　hòu tiān xià zhī lè ér lè
先天下之憂而憂　後天下之樂而樂

釋義： 以百姓的憂樂為憂樂，吃苦在前，享受在後。

例句： 誰能做到「先天下之憂而憂，後天下之樂而樂」，
他就是一個高尚的人了。

xiān jìng luó yī hòu jìng rén

先敬羅衣後敬人　貶

也作「只重衣衫不重人」、「只敬羅衣不敬人」

釋義：只看人穿着的好壞，而不看對方為人怎樣。

例句：這家酒店太勢利了，「先敬羅衣後敬人」。

bīng dòng sān chǐ　fēi yí rì zhī hán

冰凍三尺　非一日之寒

釋義：比喻事物的形成和發展總有個過程。

例句：「冰凍三尺，非一日之寒」，他們之間的積怨很深，不容易化解。

chī rén jia zuǐ ruǎn　ná rén jia shǒu duǎn

吃人家嘴軟　拿人家手短

釋義：指吃了他人的東西和收了禮，往往會袒護別人，不能堅持原則。

例句：別人請吃飯或送禮，劉先生一概婉謝。他明白「吃人家嘴軟，拿人家手短」哩！

chī lì bù tǎo hǎo

吃力不討好

釋義：花了力氣卻得不到好處。

例句：明知做這些事「吃力不討好」，他依然去做了。

chī yǎ ba kuī

吃啞巴虧　也作「啞巴虧」

釋義： 比喻吃了虧又說不出來。

例句： 蔡同學多次「吃啞巴虧」，他太老實了，希望大家
能弄清真相，公正對待他。

chī de kǔ zhōng kǔ　　fāng wéi rén shàng rén

吃得苦中苦　方為人上人

釋義： 能吃苦耐勞者才能鍛煉成人材。

例句： 世界偉大的發明家和科學家，可以說都經歷過「吃
得苦中苦，方為人上人」的階段。

chī ruǎn bù chī yìng

吃軟不吃硬

釋義： 和「吃硬不吃軟」相反，指對方態度好就聽，態度
強硬就不接受。

例句： 我這個人就是「吃軟不吃硬」，別以為板着臉我就
害怕你。

gè dǎ wǔ shí dà bǎn

各打五十大板

釋義： 形容不問是非同樣對待。

例句： 這篇文章，對甲和乙的觀點「各打五十大板」，貌
似公正得很，其實並不公正！

tóng rén bù tóng mìng　　tóng sǎn bù tóng bǐng
同人不同命　同傘不同柄

釋義：比喻各人命運不同。

例句：他們過去雖是同班同學，但「同人不同命，同傘不同柄」，一個至今仍是普通職員，一個卻是億萬身家的大老闆了。

míng bú zhèng　　yán bú shùn
名不正　言不順　也作「名不正　則言不順」

釋義：語出《論語·子路》，指名分不正，道理就講不通。

例句：主席叫副主席致詞，副主席說：「你是正的，應由你發言，我只是副的呢。『名不正，言不順』嘛！」

míng shī chū gāo tú
名師出高徒

釋義：高明的師傅一定能教出技藝高的徒弟。

例句：「名師出高徒」，難怪子文能獲得這次國際比賽的一等獎，他的老師是鼎鼎大名的林教授呢！

zài jiā kào fù mǔ　　chū wài kào péng you
在家靠父母　出外靠朋友

釋義：舊時江湖要語，請大家多幫忙的意思。

例句：她至今深信「在家靠父母，出外靠朋友」這句話，認為她的事業發展順利，和朋友的幫忙分不開。

hǎo le shāng bā wàng le tòng

好了傷疤忘了痛

釋義： 比喻境遇好了就忘了從前的苦楚。

例句： 獲得一份新工作後，<u>陳新</u>又大肆揮霍了，忘了失業
時的潦倒。這不是「好了傷疤忘了痛」又是甚麼？

hǎo shì bù chū mén　huài shì chuánqiān lǐ

好事不出門　壞事傳千里

釋義： 指好事不容易被人知道，壞事卻傳播得又快又廣。

例句： 自古道：「好事不出門，壞事傳千里」，這才幾天
時間，街坊鄰舍都曉得這件事情了。

hǎo shū bú yàn bǎi huí dú

好書不厭百回讀

釋義： 指好書每多讀一遍，都可以有新的領會。

例句： 「好書不厭百回讀」這句話說得不錯，像《哈利·
波特》我已讀了第五遍了，每次都有新的發現和新
的理解。

rú rén yǐn shuǐ　lěngnuǎn zì zhī

如人飲水　冷暖自知

釋義： 指自己經歷的事，自己知道甘苦。

例句： 你不用羨慕明星們個個光鮮體面，以為他們都很幸
福，其實幸福的感受「如人飲水，冷暖自知」。

rú lín shēnyuān　　rú lǚ báobīng

如臨深淵　如履薄冰

釋義： 比喻行事極為謹慎。

例句： 爸爸說他在股市中常常感覺「如臨深淵，如履薄冰」，壓力實在很大！

chéng yě xiāo hé　　bài yě xiāo hé

成 也 蕭 何　敗也蕭何

釋義： 比喻事情的成敗、好壞都由一個人造成。

例句： 真是「成也蕭何，敗也蕭何」，曾經作為賣點的設計最後成為阻礙這款手機銷售的重要因素。

故事鏈接

　　「成也蕭何，敗也蕭何」這句諺語，是民間對漢朝名將韓信一生的概括。

韓信擅長用兵打仗，可做大將軍。

　　韓信是個孤兒，從小被人瞧不起。他投奔劉邦以後，遇到了蕭何。蕭何是劉邦的重要謀臣，他認為韓信是一個不可多得的軍事人材。便向劉邦推薦韓信做了大將軍。

　　韓信沒有辜負蕭何的信任，足智多謀、善於用兵的他率領軍隊打了很多漂亮仗，並且設下十面埋伏，逼得西楚霸王項羽走投無路，自殺身亡，為劉邦統一天下，建立漢朝立下了汗馬功勞。

　　劉邦做了皇帝以後，因為韓信的功勞太大，對韓信越來越不放心。先是沒收了他的兵權，後來又降了他的官職。韓信非常不滿，劉邦的妻子呂后擔心韓信謀反，就找來蕭何商議。蕭何設下圈套把韓信騙進宮中，以謀反的罪名將韓信殺掉了。

chéng zhě wéi wáng　　bài zhě wéi kòu
成者為王　敗者為寇

釋義：舊指起義者成功了就成王稱帝，失敗了就落草為匪寇。

例句：沒有多少人相信他犯了那麼多罪，都認為這是「成者為王，敗者為寇」的慣例而已。

chéng shì bù zú　　bài shì yǒu yú
成事不足　敗事有餘

釋義：不會把事情辦好，只會把事情辦壞。

例句：母親在切菜，美芬想幫忙，母親卻嫌她「成事不足，敗事有餘」，叫她進書房溫習功課去。

yǒu yì fēn rè　　fā yì fēn guāng
有一分熱　發一分光

釋義：形容有多少力量，就作多少貢獻。

例句：他一向認為，人生短促，就應當「有一分熱，發一分光」，所以他常常利用閒暇時間去做義工。

yǒu yí lì bì yǒu yí bì
有一利必有一弊

釋義：事情總會有利和不利的兩方面。

例句：大家都知道，凡事都是「有一利必有一弊」，很難有十全十美的。

yǒu nǎi biàn shì niáng

有奶便是娘　貶

釋義：形容誰給好處就投靠誰。

例句：這傢伙從來就是「有奶便是娘」，哪管從前許過甚麼諾言！

yǒu zhì zhě shì jìng chéng

有志者事竟成　褒

釋義：只要有志氣，事情總能成功。

例句：「有志者事竟成」，這支攀山隊克服了重重困難，終於登上了世界第一高峯。

yǒu zé gǎi zhī　wú zé jiā miǎn

有則改之　無則加勉

釋義：確有錯誤就改正，沒有錯誤就盡力避免。

例句：老師對美華說：「我提的這個意見僅供你參考。『有則改之，無則加勉』。」

yǒu jiè yǒu huán　zài jiè bù nán

有借有還　再借不難

釋義：指借人家東西一定要歸還。

例句：家明對我說：「你要借幾本書都沒問題，最重要的是要及時歸還。『有借有還，再借不難』！」

yǒu lǐ zǒu biàn tiān xià　　méi lǐ cùn bù nán xíng
有理走遍天下　沒理寸步難行

釋義： 指言行必須合理，否則行不通。

例句： 「有理走遍天下，沒理寸步難行」，爸爸辦事從不
　　　向人乞求或走後門，而僅憑有沒有道理。

yǒu yǎn bù shí tài shān
有眼不識泰山

釋義： 認不出有地位或本領大的人。

例句： 「閣下原來是大名鼎鼎的奧運冠軍，『有眼不識泰
　　　山』，真是對不起了！」王先生說完，伸出手來。

yǒu yì zāi huā huā bù fā　　wú xīn chā liǔ liǔ chéng yīn
有意栽花花不發　無心插柳柳成蔭

釋義： 有心做的事做不成，無意做的卻有好的效果。

例句： 媽媽想培養小娟成為芭蕾舞蹈家，可是小娟對芭蕾
　　　舞並沒有多大興趣，倒是迷上了用來伴奏的鋼琴，
　　　這真是「有意栽花花不發，無心插柳柳成蔭」了。

yǒu fú tóng xiǎng　　yǒu huò tóng dāng
有福同享　有禍同當

釋義： 同甘共苦之意。

例句： 他倆「有福同享，有禍同當」，從不見利忘義。

yǒu yuán qiān lǐ lái xiāng huì　　wú yuán duì miàn bù xiāng féng
有緣千里來相會　無緣對面不相逢

釋義： 古時候認為人與人的遇合，是一種緣份。

例句： 交友之道，有時是「有緣千里來相會，無緣對面不相逢」，你相信嗎？

yǒu qián néng shǐ guǐ tuī mò
有錢能使鬼推磨　　貶

釋義： 舊時形容只要有錢，甚麼事都能辦到。

例句： 這世道太不可思議了，「有錢能使鬼推磨」，局長的職位竟也可以用錢買！

yǒu shè zì rán xiāng　　bú bì yíng fēng yáng
有麝自然香　不必迎風揚

釋義： 有本領、成就別人自會知道，不必自我吹噓。

例句： 「有麝自然香，不必迎風揚」，只要本領好，遲早會有人賞識。

zhū mén jiǔ ròu chòu　　lù yǒu dòng sǐ gǔ
朱門酒肉臭　路有凍死骨

釋義： 形容貧富懸殊，有的享受不盡，有的凍餓而死。

例句： 到了哪一天，這個世界才能消滅「朱門酒肉臭，路有凍死骨」的現象呢？

cǐ dì wú yín sān bǎi liǎng

此地無銀三百兩　　也作「欲蓋彌彰」

釋義：比喻想要將事情隱瞞掩飾，結果反而暴露。

例句：那位官員自作聰明去澄清事件，誰知「此地無銀三百兩」，反而暴露了他受賄的事實。

故事鏈接

　　從前有個叫張三的人，每天辛苦勞作，好不容易才攢下三百兩銀子，心裏很高興。他怕別人偷去，就找了一個箱子，把三百兩銀子放在箱中，趁着夜晚埋在自家屋後的地下。可是他又擔心別人會到這兒來挖銀子，就想了一個自以為高明的辦法。他找來一塊木板，在上面寫道「此地無銀三百兩」，插在埋銀子的地方，這才放心地回去睡覺。

　　誰知道他的舉動，都被隔壁的王二看到了。半夜，王二把三百兩銀子全偷走了。他怕張三猜出是自己偷了銀子，於是也在木板上寫下一行字：「隔壁王二不曾偷」。張三第二天早上起來就跑到屋後，發現銀子已經被挖走了，一見木板上寫的字，頓時哭笑不得。

sǐ mǎ dàng zuò huó mǎ yī

死馬當作活馬醫

釋義：比喻明知事情已經無可救藥，但還是抱一絲希望，積極挽救，通常也泛指做最後的嘗試。

例句：教練說，現在保住名次的希望已經不大，但「死馬當作活馬醫」，大家還是要努力打好後面的比賽。

jiāng shān yì gǎi　　běn xìng nán yí
江山易改　本性難移

也作「江山好改　秉性難移」、「山河易改　本性難移」

釋義： 人的性格不易改變。

例句： 他脾氣暴躁，屢次想改老改不了，看來是「江山易改，本性難移」。

bǎi chǐ gān tóu　　gèng jìn yí bù
百尺竿頭　更進一步

釋義： 指學問、成績等達到很高程度後繼續努力，爭取更大進步。

例句： 祝你在新的一年裏「百尺竿頭，更進一步」。

故事鏈接

唐朝時，有一位名叫景岑的和尚，佛學修養很高，常被請到各地去傳道講經。人們都尊敬地稱他為招賢大師。

有一次，招賢大師被請到一家佛寺講經，大師講道：「如果一個人的佛學修養到了很高的境界，就好像站在一根很高的竿子上，看東西會又遠又全面。」

有個和尚好奇地問：「是不是百尺竿頭就代表已經達到修行的最高境界呢？」大師當即唸了一首詩作為回答：「百尺竿頭不動人，雖然入得未為真。百尺竿頭須進步，十方世界是全身。」意思是修行雖然到了很高境界，但也只能算入了門；如果就此停步不前，不算真正的高明。即使修行到百尺竿頭的頂端，也仍需努力，才能進入更高的境界。

bǎi zú zhī chóng　　sǐ ér bù jiāng
百足之蟲　死而不僵

釋義： 比喻沒落的社會勢力雖腐朽了，但一時不會垮台。

例句： 這個激進組織雖然受到致命打擊，但「百足之蟲，死而不僵」，仍像幽靈一樣到處流竄作案。

bǎi wén bù rú yí jiàn
百聞不如一見　也作「千聞不如一見」

釋義： 指親眼目睹比聽來的好。

例句： 假期我和家人一起去馬爾代夫遊玩，那裏的風景比別人描述的美多了，真是「百聞不如一見」！

bǎi wàn mǎi zhái　　qiān wàn mǎi lín
百萬買宅　千萬買鄰

釋義： 比喻好鄰居十分難得。

例句： 常言說「百萬買宅，千萬買鄰」，左鄰右舍通情達理真是難得的福氣。

故事鏈接

　　南朝時，有個叫呂僧珍的人，因為品德高尚、學識豐富而深受人們尊敬，很多人都以能接近他為榮。

　　有個叫宋季雅的官員，退休以後特地花重金在呂僧珍的隔壁買了一棟宅子，然後興沖沖地去拜訪他。呂僧珍問他買房的價錢，宋季雅回答說：「一千一百萬！」

　　呂僧珍大吃一驚，問他為甚麼買得這麼貴，宋季雅笑着說：「我是用一百萬買房子，一千萬買鄰居啊！」

yángmáochū zài yángshēnshang
羊毛出在羊身上

釋義： 比喻所獲得的利益，實際上來自本身。

例句： 爸爸說：「甚麼大贈送，只是一種商業手段，還不是『羊毛出在羊身上』？」

lǎo shǔ guò jiē　　rén ren hǎn dǎ
老鼠過街　人人喊打　貶

釋義： 比喻壞人壞事大家都痛恨。

例句： 自從他是小偷的身份暴露之後，就不敢在白天出門，因為「老鼠過街，人人喊打」！

zì yǐ wéi shì　　hào wéi rén shī
自以為是　好為人師　貶

釋義： 自以為高明，喜歡以教育者自居。

例句： 他與人談話，總是「自以為是，好為人師」，但任何問題都不能解決。

zǎo zhī jīn rì　　hé bì dāng chū
早知今日　何必當初　也作「既有今日　何必當初」

釋義： 既然現在後悔，當初為甚麼要那樣做？

例句： 看你對生意上的夥伴牢騷很多，極不滿意，「早知今日，何必當初」？

nán ér yǒu lèi bù qīng tán
男兒有淚不輕彈　也作「丈夫有淚不輕彈」

釋義：　男子漢不輕易掉淚。

例句：　在機場面對送行的人，黃先生雖說是「男兒有淚不
　　　　輕彈」，但大家都看到他眼圈紅了。

nǐ zǒu nǐ de yángguāndào　　wǒ guò wǒ de dú mù qiáo
你走你的陽關道　我過我的獨木橋

釋義：　各走各的路。

例句：　韋氏兄弟公司拆夥了，老大對老二說：「『你走你
　　　　的陽關道，我過我的獨木橋』，從此我和你財務上
　　　　無涉，誰跟誰都沒關係了。」

nǐ jìng wǒ yì chǐ　　wǒ jìng nǐ yí zhàng
你敬我一尺　我敬你一丈

釋義：　你對我好，我對你更好。

例句：　「你敬我一尺，我敬你一丈」，既然你肯大力支持，
　　　　我會更努力去做好這件工作，不會讓你失望，你就
　　　　放心吧！

bīng bài rú shāndǎo
兵敗如山倒

釋義：比喻失敗得非常慘重，局面無法挽回。

例句：雖然我們球隊在校內經常奪得冠軍，但參加這次校際籃球比賽卻「兵敗如山倒」，真令人難堪！

jūn zǐ bù niàn jiù è
君子不念舊惡

釋義：正派人不計較前仇。

例句：「君子不念舊惡」，兩個冤家見面握手言歡。

jūn zǐ dòng kǒu　xiǎo rén dòng shǒu
君子動口　小人動手

釋義：指有爭執時，應講道理解決，不該動武。

例句：偉明和家華正要打起來，張老師立即上前喝止：「『君子動口，小人動手』！你們不可以用打架來解決問題！」

zuò shān guān hǔ dòu
坐山觀虎鬥　　也作「坐山看虎鬥」

釋義：坐觀成敗之意。

例句：兩派黑幫人馬正在廝殺，豈料還有一幫人馬在四周埋伏，準備「坐山觀虎鬥」，等他們鬥得兩敗俱傷之時，才出來收拾殘局。

zuò jǐng guān tiān　　yè láng zì dà

坐井觀天　夜郎自大　貶

釋義：諷刺那些目光短淺、未見過世面而自以為是的人。

例句：這個縣長從來沒離開過本縣，「坐井觀天，夜郎自大」，這次出國訪問一定大開眼界吧。

kuài dāo zhǎn luàn má

快刀斬亂麻　也作「快刀斬麻」、「抽刀斬亂麻」

釋義：形容對於緊急之事，處理得迅速果斷。

例句：警長說：「眼下治安不好，人心惶惶，我們還是『快刀斬亂麻』，把這匪首先逮捕起來吧！」

故事鏈接

　　高歡是南北朝時期東魏的丞相，他有六個兒子。有一天，他想考查一下哪個兒子最聰明，就把兒子們叫到跟前說：「我這裏有一大堆亂麻，發給你們每人一把，你們各自整理一下，看誰理得最快最好。」

　　比賽開始了，孩子們手忙腳亂地整理，十分緊張。惟有二兒子高洋與眾不同。他跑了出去拿了一把刀回來，把那些相互纏繞的亂麻用刀斬斷，然後再加以整理，這樣很快就理好了。

　　高歡見高洋這樣做，很是驚奇，就問他：「你怎麼想到用這個辦法？」高洋答道：「亂者須斬！」高歡聽了十分高興，認為這孩子的思路開闊，方法不同一般，將來必定大有作為。

　　後來，高洋果然奪取了東魏皇帝的王位，建立了北齊政權，自己做了北齊皇帝。根據這個故事，人們引申出「快刀斬亂麻」這個諺語，用以比喻採取果斷措施，解決複雜棘手的問題。

qiú rén bù rú qiú jǐ
求人不如求己

釋義： 求人幫忙不如依靠自己。

例句： 雖然姊姊的朋友很多，但她極不願麻煩人家，她的座右銘是「求人不如求己」。

mǔ dan suī hǎo　　hái xū lù yè fú chí
牡丹雖好　還需綠葉扶持

釋義： 比喻個人即使再好，仍需要別人幫忙。

例句： 雪麗打扮好了，大家都讚她漂亮，她謙虛地說：「『牡丹雖好，還需綠葉扶持』，要不是你們幫忙化妝，哪能這麼漂亮？」

liáng yào kǔ kǒu lì yú bìng　　zhōng yán nì ěr lì yú xíng
良藥苦口利於病　忠言逆耳利於行

釋義： 真誠的批評雖然覺得刺耳，但有助於改正錯誤。

例句： 爸爸嚴厲的批評令我十分難過，但想到「良藥苦口利於病，忠言逆耳利於行」，我也就默默接受了。

yán bì xìn　　xíng bì guǒ
言必信　行必果

釋義： 說話一定要守信用，行動一定要實踐自己的諾言。

例句： 王先生是個「言必信，行必果」的人，既然他答應了你，就一定會辦到的。

言者無罪　聞者足戒
yán zhě wú zuì　wén zhě zú jiè

釋義： 説話者沒有罪過，聽者則可以引以為戒鑑。

例句： 「言者無罪，聞者足戒」是一句有益格言，我們要多聽意見，多作反省。

豆腐嘴　刀子心
dòu fu zuǐ　dāo zi xīn

釋義： 嘴軟心狠。

例句： 與人接觸，不要光看他嘴裏説的，還要看他的心怎麼樣。你不要忘記，有一類人是「豆腐嘴，刀子心」。

身在曹營心在漢
shēn zài cáo yíng xīn zài hàn

釋義： 比喻身體雖然在對立的一方，但心裏想着自己原來所在的一方。

例句： 叔叔雖移民加拿大，可是「身在曹營心在漢」，一直還是十分關注香港的一切。

故事鏈接

　　東漢末年，關羽為了保護劉備的夫人被迫投降曹操。曹操很想將關羽拉攏過來，為自己效力，便對關羽關懷備至，但關羽卻不為所動。

　　後來曹操派手下的部將去問關羽為甚麼總想着離去，關羽説他雖然深為曹操的心意感動，只是他與兄長有過生死誓言，一直不敢忘懷，所以身在曹營心懷兄長。曹操聽了，感歎道：「關羽雖然人在曹營，可一直掂記着劉備，真是天下難得的義士啊！」

shēn zài fú zhōng bù zhī fú

身在福中不知福

釋義： 生活在幸福中而不自知。

例句： 爸爸常教導我和妹妹：「比起我們那年代，現在的生活不知好多少倍了，可是你們還『身在福中不知福』啊！」

chē dào shān qián zhōng yǒu lù　　chuán dào qiáo tóu zì rán zhí

車到山前終有路　船到橋頭自然直

釋義： 比喻到一定時候事情總會解決。

例句： 你想轉換環境，又怕找不到工作，怕甚麼呢？「車到山前終有路，船到橋頭自然直」，去了再說吧。

xié bù néng shèng zhèng

邪不能勝正　　也作「邪不侵正」

釋義： 邪氣不能侵犯正氣。

例句： 這部電影的結局是「邪不能勝正」，小王子終於戰勝了黑魔王！

chū shēng zhī dú bú pà hǔ

初生之犢不怕虎　褒

釋義： 比喻初入社會的年輕人敢說敢為，無所畏懼。

例句： 這個只有十一、二歲的小學生，說要一口氣橫渡維多利亞海峽，真是「初生之犢不怕虎」！

事實勝於雄辯
shì shí shèng yú xióngbiàn

釋義：讓事實本身來作證明，比口頭爭論更為有力。

例句：究竟是哪一支隊伍的實力強，今日比賽便能見分曉，到時候「事實勝於雄辯」，不必再爭辯了。

兔死狐悲　物傷其類
tù sǐ hú bēi　wù shāng qí lèi

釋義：指見到同類死亡，聯想到自己將來的下場而感到悲傷。比喻見到情況與自己相似的人的遭遇而傷感。

例句：丁國總統去世，乙國總統極度悲傷，真是「兔死狐悲，物傷其類」，因為他們都是採取鐵腕治國的統治者。

兩虎相鬥　必有一傷　也作「兩虎相爭 必有一傷」
liǎng hǔ xiāngdòu　bì yǒu yì shāng

釋義：比喻兩方爭鬥，總有一方受損。

例句：媽媽心軟，不忍看拳賽節目，她說：「太殘忍了，這是『兩虎相鬥，必有一傷』啊！」

shòu rén zhī tuō　　zhōng rén zhī shì
受人之託　終人之事

釋義：接受委託，就要把事情辦好。

例句：「受人之託，終人之事」，我決不能半途而廢！

páodīng jiě niú　　yóu rèn yǒu yú
庖丁解牛　遊刃有餘 　褒

釋義：比喻技巧高明，解決問題綽綽有餘。

例句：杜教授是數學專家，讓他來解決這道數學難題，堪稱「庖丁解牛，遊刃有餘」。

故事鏈接

　　從前有個叫阿丁的廚師為梁惠王宰牛。阿丁宰牛的技術十分嫻熟，刀子在牛骨縫裏靈活地移動，沒有一點障礙，而且很有節奏。梁惠王看呆了，問他：「你宰牛的技術怎麼會這麼高超呢？」

　　阿丁回答說：「我不只是技術熟練而已，更重要的是掌握了其中的規律。現在我只需用心去感受，就知道牛的甚麼地方可以下刀，甚麼地方不能。我的刀雖然用了十九年，但刀刃還像剛磨過那樣鋒利。因為牛的骨節之間總會有空隙，我的刀刃又磨得極薄，所以在有空隙的牛骨節裏運轉刀刃是寬綽而大有餘地啊！」

bǐ yì shí　　cǐ yì shí
彼一時　此一時 　近義：「時過境遷」

釋義：現在的情形和過去不同。

例句：「彼一時，此一時」，過去這種大領西裝流行一時，現在已經沒有人穿了。

fàng xià tú dāo　　lì dì chéng fó
放下屠刀　立地成佛　也作「放下屠刀便成佛」

釋義： 比喻只要能悔改，就可成為好人。

例句： 「放下屠刀，立地成佛」，只要公開承認過去的罪
惡，老百姓還是會原諒他和支持他的。

fàng cháng xiàn diào dà yú
放長線釣大魚

釋義： 比喻從長計議，以便日後能獲得更大的利益。

例句： 警長說：「小囉嘍我們暫時一個也不要捉，為的是
『放長線釣大魚』，你們明白了吧？」

míng zhī shān yǒu hǔ　　piān xiàng hǔ shān xíng
明知山有虎　偏向虎山行

釋義： 比喻明知前面危險，卻偏偏冒險去做。

例句： 武松決心跟景陽岡上的老虎鬥一鬥，「明知山有虎，
偏向虎山行」，乘着酒興，大跨步向前走了。

míng shì yì pén huǒ　　àn shì yì bǎ dāo
明是一盆火　暗是一把刀　近義:「笑裏藏刀」　

釋義：比喻表面上熱情,內心卻十分狠毒。

例句：此人「明是一盆火,暗是一把刀」,跟他打交道,
你可要小心一點。

míng qiāng yì duǒ　　àn jiàn nán fáng
明槍易躲　暗箭難防　也作「明槍好躲,暗箭難防」

釋義：明處的攻擊容易對付,來自暗處的偷襲卻很難防範。

例句：雖然有國際維和部隊的守護,但「明槍易躲,暗箭
難防」,當地的人們不得不時刻警惕着恐怖分子的
突然襲擊。

wù yǐ hǎn wèi guì
物以罕為貴　也作「物以稀為貴」

釋義：東西稀少就顯得珍貴。

例句：「物以罕為貴」,現代運動鞋的價格怎麼比得過以
前皇帝穿的御用龍鞋呢?

wù yǐ lèi jù　rén yǐ qún fēn
物以類聚　人以羣分

釋義： 同類的東西總是聚在一起。

例句： 「物以類聚，人以羣分」，你想想黑社會裏，都是些有案底的罪犯，哪有勤奮好學的青年人？

gǒu kǒu zhǎng bu chū xiàng yá
狗口長不出象牙　也作「狗口裏吐不出象牙」　貶

釋義： 比喻壞人説不出好話。

例句： 這傢伙，「狗口長不出象牙」，講的淨是一些不三不四的話，我們不要聽他的！

gǒu zhàng rén shì　hú jiǎ hǔ wēi
狗仗人勢　狐假虎威　貶

釋義： 比喻奴才靠主子的勢力欺人。

例句： 這小官「狗仗人勢，狐假虎威」，可等他的主子一到，你就有好戲看了。

gǒu yǎo lǚ dòng bīn　bù shí hǎo rén xīn
狗咬呂洞賓　不識好人心　貶

釋義： 呂洞賓為傳説中八仙之一。比喻辜負了別人的好意。

例句： 我見她那麼瘦弱，勸她別太拼命了，可是「狗咬呂洞賓，不識好人心」，她竟説我對她的錢眼紅！

呂洞賓是中國古代神話傳說中的「八仙」之一。有一年，二郎神的哮天犬私自下凡禍害人間，剛開始修道的呂洞賓奉命去收降哮天犬。呂洞賓將哮天犬收入他的法寶「布畫」中後，擔心哮天犬被困在畫中化成灰燼，心生憐憫，擅自將哮天犬從畫中放出來，不料反被不知好歹的哮天犬趁機咬了一口。

gǒu yǎn kàn rén dī
狗眼看人低　貶

釋義： 比喻目光勢利，看不起人。

例句： 那人走後，爸爸罵道：「這人『狗眼看人低』，恃着有兩文臭錢，便隨意侮辱別人的人格！」

máng rén qí xiā mǎ　　yè bàn lín shēn chí
盲人騎瞎馬　夜半臨深池

釋義： 比喻相當危險。

例句： 那裏治安、交通都很差，家華語言又不通，讓他一個人去，豈不是「盲人騎瞎馬，夜半臨深池」嗎？

zhī rén kǒu miàn bù zhī xīn
知人口面不知心　又作「知人知面不知心」

釋義： 人心難測。

例句： 你應多觀察一下他，須知「知人口面不知心」啊！

94

zhī jǐ zhī bǐ　　bǎi zhàn bǎi shèng
知己知彼　百戰百勝　又作「知己知彼 百戰不殆」

釋義：既瞭解己方，又瞭解對方的情況，才能戰勝對方。

例句：我們要對競爭對手進行仔細的分析，這樣才能「知己知彼，百戰百勝」。

zhī bù kě wéi ér wéi zhī
知不可為而為之　又作「知其不可而為之」

釋義：明知做起來不會有好結果，但為了盡責，還是努力去做。

例句：因為答應了朋友，他「知不可為而為之」，也算有個交代了。

zhī zhī wéi zhī zhī　　bù zhī wéi bù zhī
知之為知之　不知為不知

釋義：懂得就是懂得，不懂就是不懂，不要不懂裝懂。

例句：研究學問，要抱實事求是的精神，「知之為知之，不知為不知」。

féi shuǐ bù liú bié rén tián
肥水不流別人田　也作「肥水不流外人田」

釋義：比喻好處、利益不讓別人分享。

例句：「肥水不流別人田」，陳老闆在公司裏所有重要職位上都安排了自己人擔任。

hǔ fù wú quǎn zǐ

虎父無犬子　褒

釋義：比喻上代強，下代也不弱。

例句：鄭先生為上一代的著名小提琴家，他兒子也名滿歐洲，真是「虎父無犬子」啊！

hǔ dú bù chī ér

虎毒不吃兒　也作「虎毒不食子」、「虎毒不食兒」

釋義：比喻人再心狠，對自己的親人總還是很愛護的。

例句：素來是「虎毒不吃兒」，但誰會料到，她竟殺害了自己的親生兒子？

jìn shuǐ lóu tái xiān dé yuè

近水樓台先得月

釋義：比喻由於接近某人或某物，優先獲得利益和照顧。

例句：程伯臨終前把絕大部分遺產留給了身邊的小兒子，遠在美國的老大老二得的不多，想必是「近水樓台先得月」吧。

jìn zhū zhě chì　　jìn mò zhě hēi

近朱者赤　近墨者黑　近義：「耳濡目染」

釋義：接近好人，容易變好；接近壞人，容易變壞。

例句：「近朱者赤，近墨者黑」，生活環境對孩子來說是十分重要的。

^{lái shuō shì fēi zhě} ^{biàn shì shì fēi rén}
來說是非者　便是是非人

釋義：愛搬弄是非的人，本身就是製造是非的人。

例句：你不要再說別人的是非了！你應當知道「來說是非者，便是是非人」這句話吧！

^{jīn yù qí wài} ^{bài xù qí zhōng}
金玉其外　敗絮其中　貶

近義：「華而不實」、「徒有其表」

釋義：外表好看，裏面卻腐敗不堪。

例句：世上「金玉其外，敗絮其中」的人並不少見，他西裝筆挺，道貌岸然，誰想到竟是個罪犯？

故事鏈接

<u>明代</u>初年有位叫<u>劉基</u>的大臣，一天在街上散步，看到一個小販在賣柑子。當時，柑子很難保存到夏天，但<u>劉基</u>發現這個小販賣的柑子卻金黃油亮，新鮮飽滿，就像剛從樹上摘下來的一樣。他便花高價買了幾個。

回家後，<u>劉基</u>剝開柑皮，發現裏面的果肉全乾了，像一團破舊的棉絮，根本沒法吃。<u>劉基</u>很生氣，拿着柑子去責問小販。不料，賣柑子的小販不以為然地說：

「世上騙子到處都有，難道只有我一個嗎？朝廷裏那些將軍，個個神氣十足，可他們真的會打仗嗎？頭戴高帽的文官真的會治理國家嗎？而今社會上盜賊橫行，百姓困苦，他們卻不管不顧。個個身居高位，錦衣玉食，哪一個不是像我賣的柑子那樣，表面上如金如玉，內中卻是一團破絮呢？」<u>劉基</u>聽了，無言以對。

cháng tòng bù rú duǎn tòng
長痛不如短痛

釋義 ： 比喻犯錯應痛下決心改正，不能任其長存。

例句 ： 「長痛不如短痛」，你還是下決心把這個壞毛病改
掉吧！

qīng chū yú lán ér shèng yú lán
青出於藍而勝於藍　褒

釋義 ： 比喻學生勝過先生，後人超過前人。

例句 ： 畫師滿意地點點頭，對徒弟說：「你畫得不錯，『青
出於藍而勝於藍』，我總算沒白耗心血！」

yī yàng huà hú lu
依樣畫葫蘆　也作「比着葫蘆畫瓢」、「依葫蘆畫瓢」

釋義 ： 比喻模仿、依照；也比喻缺乏創造性。

例句 ： 爸爸對小美說：「你這張畫，只是『依樣畫葫蘆』
罷了，以後應該試一試自己構思了。」

hé shuǐ bú fàn jǐng shuǐ
河水不犯井水　也作「井水不犯河水」

釋義 ： 比喻互不干涉。

例句 ： 我們一向「河水不犯井水」，你怎麼老想和我過不
去呢？

qián rén zhòng shù　hòu rén chéngliáng
前人種樹　後人乘涼　也作「前人栽樹　後人乘涼」

釋義： 比喻前人為後人造福。

例句： 媽媽說：「『前人種樹，後人乘涼』，確是不錯，
要不是祖父留下一大筆遺產，我們一家十一口不知
如何過活！」

qián shì bú wàng　hòu shì zhī shī
前事不忘　後事之師

釋義： 比喻人們應當記住過去的經驗教訓，作為今後辦事
的借鑑。

例句： 「前事不忘，後事之師」，我們可不要忘了上次的
教訓。

qián pà láng hòu pà hǔ
前怕狼後怕虎　貶

釋義： 比喻膽小怕事，顧慮太多。

例句： 要是「前怕狼後怕虎」的話，我們就很難辦成任何
一件事了！

qiánmén jù hǔ　hòumén jìn láng
前門拒虎　後門進狼

釋義：比喻一個禍患才消失，緊接着又來一個。

例句：今晚葉宅「前門拒虎，後門進狼」，形勢真是十分
　　　　險惡！

āi mò dà yú xīn sǐ
哀莫大於心死

釋義：最大的悲哀就是絕望。

例句：「哀莫大於心死」，但他如此消沉，對身心健康是
　　　　很不利的。

chéngmén shī huǒ　yāng jí chí yú
城門失火　殃及池魚

釋義：比喻無緣無故地受到牽連，平白遭受禍殃。

例句：一家珠寶店被打劫，劫匪開槍，打傷了好幾名行人，
　　　　真是「城門失火，殃及池魚」！

wū lòu gèng zāo lián yè yǔ　chuán chí yòu bèi dǎ tóu fēng
屋漏更遭連夜雨　船遲又被打頭風

釋義：形容不幸的事接踵而至。

例句：秀梅的丈夫失業，女兒病重入院，近期房租又漲價
　　　　了，可真是「屋漏更遭連夜雨，船遲又被打頭風」！

jí jīngfēng yù zhe mànlángzhōng
急驚風遇着慢郎中　　也作「急驚風撞着慢郎中」

釋義： 比喻急性子的人遇到慢性子的人。

例句： 性急暴躁的<u>老張</u>，由上司安排了一個做事慢吞吞的
人給他做助手，這回真是「急驚風遇着慢郎中」，
有好戲看了。

hèn tiě bù chénggāng
恨鐵不成鋼

釋義： 比喻對所期望的人不爭氣、不上進感到不滿。

例句： 爸爸對大哥的恨是屬於「恨鐵不成鋼」的恨，你明
白了吧？

jì lái zhī zé ān zhī
既來之則安之

釋義： 事情已經發生了，應面對現實去應付。

例句： 母親帶我上醫院看病，見我緊張就安慰我說：「『既
來之則安之』，不會有大問題的。」

shénshèng bù kě qīn fàn
神聖不可侵犯

釋義： 指具有尊嚴，不可褻瀆。

例句： 每個國家的領土都是「神聖不可侵犯」的，這是世
界公認的一個重要原則。

shì fēi lái rù ěr　　bù tīng zì rán wú
是非來入耳　不聽自然無

釋義： 勿聽那些搬弄是非的話。

例句： 不要老是去相信閒話或傳言，這只是自找煩惱而已，
「是非來入耳，不聽自然無」。

huó dào lǎo　　xué dào lǎo
活到老　學到老

釋義： 人一生都要不斷地學習。比喻學無止境。

例句： 奶奶退休以後學起了電腦、繪畫，她說「活到老，
學到老」，才能讓自己更充實。

huáng tiān bú fù yǒu xīn rén
皇天不負有心人

釋義： 天不會虧待誠心真意的人。形容希望一定能實現。

例句： 「皇天不負有心人」，她花了整整二十五年時間，
尋找失散了的胞弟，現在終於姊弟重聚了！

huáng dì bù jí tài jiān jí
皇帝不急太監急　也作「皇帝不急　急煞太監」

釋義： 比喻當事人慢條斯理，旁人卻焦急萬分。

例句： 剩下最後五分鐘，客隊分數依然落後，可他們都能
沉着應戰，倒是觀眾緊張地揮手跺腳，真是「皇帝
不急太監急」。

méi mao hú zi yì bǎ zhuā
眉毛鬍子一把抓　貶

釋義： 比喻不分輕重主次。

例句： 溫習功課應有所側重，在解決最關鍵的問題上，不
能「眉毛鬍子一把抓」。

méi tóu yí zhòu　jì shàng xīn lái
眉頭一皺　計上心來

釋義： 形容一下子就想出計策。

例句： 哥哥「眉頭一皺，計上心來」，道：「我想出一個
好辦法了！」

xīng xing zhī huǒ　kě yǐ liáo yuán
星星之火　可以燎原

釋義： 比喻微小的力量，可以發展成強大的勢力。

例句： 「星星之火，可以燎原」，我們社團現在的力量雖
然很小，但以後一定可以壯大的。

kàn rén kàn xīn　　tīng huà tīng yīn

看人看心　聽話聽音

釋義： 看人要看心底好壞，聽話要聽言外之意。

例句： 「看人看心，聽話聽音」，僅是半小時的交談，媽媽就瞭解來者的真正意圖了。

kàn huā róng yì xiù huā nán

看花容易繡花難

釋義： 比喻看起來容易，做起來難。

例句： 他似乎做得輕鬆自在，其實「看花容易繡花難」，我們親手一試就知道十分吃力了。

kàn cài chī fàn　　liáng tǐ cái yī

看菜吃飯　量體裁衣

釋義： 比喻根據實際情況辦事。

例句： 「看菜吃飯，量體裁衣」，寫文章也一樣，要看讀者對象而決定用語深淺。

chuān xīn xié　　zǒu lǎo lù

穿新鞋　走老路　貶

釋義： 形容形式改變了，而本質沒有改變。

例句： 改革最講究實質，如果是「穿新鞋，走老路」，收效就會非常有限。

kē zhèngměng yú hǔ

苛政猛於虎 貶

釋義： 統治者的苛刻統治比吃人的老虎還要兇惡暴虐。

例句： 「苛政猛於虎」，難怪這個小國家裏有那麼多人選
擇了移民。

故事鏈接

春秋時期，朝廷政令殘酷，老
百姓生活極其貧困。有些人沒有辦
法，只好舉家逃離到深山老林或荒
野沼澤。那裏雖同樣缺吃少穿，可
是「山高皇帝遠」，官府管不着，
興許還能活下來。

有一天，孔子和他的弟子們路過泰山，看見一個婦人在墓前
哭得十分悲傷。孔子扶着車前的橫木聽了很久，然後叫子路前去
詢問。婦人說：「之前我的公公被老虎咬死了，後來我的丈夫也
被老虎咬死了，現在我的兒子又死在了老虎口中！」

孔子同情地問：「既然老虎這麼兇殘，為甚麼你們不離開這
裏呢？」婦人回答道：「這是因為此地偏遠，沒有苛刻的政令和
賦稅啊！」孔子聽了，感慨地對弟子們說：「你們要記住啊，對
百姓來說，苛刻殘暴的政令比老虎還要兇猛可怕！」

ruò yào rén bù zhī　　chú fēi jǐ mò wéi

若要人不知　除非己莫為 貶

釋義： 指做過甚麼事，總會有人知道。

例句： 「若要人不知，除非己莫為。」他在職期間幹了些
甚麼壞事，大家都十分清楚。

kǔ hǎi wú biān　huí tóu shì àn
苦海無邊　回頭是岸 　褒

釋義：原為佛家語。比喻罪惡雖大，只要能悔改，就會有
　　　出路。

例句：慧明和尚對着這來膜拜的賭徒說：「世間人好賭，
　　　『苦海無邊，回頭是岸』，宜早結善緣呢！」

yīng xióng chū shào nián
英雄出少年 　褒

釋義：年輕人敢說敢做，容易鍛煉成英雄人物。

例句：「英雄出少年」，十七歲的他，第一次參加奧運會，
　　　就為國家爭光了！

yīng xióng wú yòng wǔ zhī dì
英雄無用武之地　　近義：「懷才不遇」

釋義：縱有一身好本領，也沒有施展的機會和地方。

例句：糕點師感到自己在餐廳「英雄無用武之地」，很快
　　　便辭職了。

yīngxióng shí yīngxióng
英雄識英雄　　也作「識英雄　重英雄」

釋義：指本領高強的人互相賞識。

例句：「英雄識英雄」，他倆見面時緊緊握手，久久不放。

fēngshuǐ lún liú zhuàn
風水輪流轉　　也作「三十年風水輪流轉」

釋義：好運氣隔一段時間就會變化，不會永遠跟隨。

例句：「風水輪流轉」，以前這個小漁村經過多年的發展，
　　　竟成了一個現代化的大都市。

zhòngshǎng zhī xià bì yǒuyǒng fū
重賞之下必有勇夫

釋義：高報酬下有願效勞的人。

例句：據說那個國家給運動員的獎金十分可觀，難怪個個
　　　都表現得這樣拼命，「重賞之下必有勇夫」！

fēng mǎ niú bú xiāng jí

風馬牛不相及　　也作「風馬牛不相干」、「風馬牛不相關」

釋義： 比喻各不相干。

例句： 孔子和孔明是兩個不
同時代的人，本來「風
馬牛不相及」，可是，
居然有人把他倆說成
親兄弟！

故事鏈接

　　春秋時期，齊國最為強大，很多小的國家都很害怕齊國，紛
紛討好齊國，與它結盟。惟獨楚王認為自己與齊國相距遙遠，沒
必要討好它。

　　後來齊國就找了個理由，糾結了幾個小國去攻打楚國。楚王
只好派大臣前往齊國，大臣問齊王：「齊國在北方，我們楚國在
南方，哪怕是我們兩國走失的牛馬，也不會跑到對方的國家去。
請問為甚麼要攻打我們楚國呢？」

　　齊國的宰相管仲聲稱楚國沒有向周天子進貢，所以前來問罪。
後來齊王為顯示軍威，請楚國的使臣一起參觀，楚國使臣不卑不
亢，回答說楚國有高高的城牆，以漢水為溝，齊國就算來再多的
軍隊也未必攻得進楚國。聽了這話，齊王不得不帶着大軍撤走了。

jiān tīng zé míng　　piān tīng zé àn
兼聽則明　偏聽則暗

釋義：看問題要全面聽取各方意見，才可避免片面不公。

例句：甲、乙雙方的意見我們都要聽，所謂「兼聽則明，偏聽則暗」，如果只聽單方面的意見，我們的看法可能就有問題了。

yuān yǒu tóu　　zhài yǒu zhǔ
冤有頭　債有主　　也作「冤各有頭　債各有主」

釋義：報仇討債要找準對象，不牽累他人。比喻處理事情要找主要負責的人。

例句：「冤有頭，債有主」，是他的朋友欠債，你找他做甚麼？

yuān jia yí jiě bù yí jié
冤家宜解不宜結

釋義：雙方有矛盾，應設法消除，不宜結怨。

例句：老郭說：「你們不說話也有半年多了，『冤家宜解不宜結』，還是找個機會談一下吧！」

hài rén zhī xīn bù kě yǒu　fáng rén zhī xīn bù kě wú
害人之心不可有　防人之心不可無

釋義：不可存心害人，也要提防別人加害。

例句：小華即將到外國升學了，爸爸贈言道：「社會複雜，
　　　要十分小心。切記『害人之心不可有，防人之心不
　　　可無』啊！」

jiā yǒu yì lǎo　rú yǒu yì bǎo
家有一老　如有一寶　也作「家有一老　黃金活寶」

釋義：指家中有個老人家是十分難得的。

例句：蔡大嫂對黃嬸說：「你母親跟你住，多好！所謂『家
　　　有一老，如有一寶』，哪像我一個人在苦苦支撐！」

jiā hé wàn shì xīng
家和萬事興　褒

釋義：家庭和睦，萬事就興旺。

例句：一家人過日子，最要緊的是和
　　　和氣氣，「家和萬事興」。

jiā jiā yǒu běn nán diàn de jīng
家家有本難唸的經

釋義：形容各家有自己難處理的事。

例句：曾伯歎氣道：「『家家有本難唸的經』，可誰知道，
　　　我家這一本經最難唸呢？」

jiā shū dǐ wàn jīn
家書抵萬金

釋義： 形容家信萬分珍貴、重要。

例句： 戰亂年代，人們日夜盼望家鄉來信，對他們來說「家
書抵萬金」，其他小事都變得不那麼重要了。

jiā chǒu bù kě wài yáng
家醜不可外揚

釋義： 家中出了醜事，不好向外聲張。

例句： 美文悄悄地對我說：「這些事我只告訴你一個人，
『家醜不可外揚』，你可不能給我傳出去呀！」

shè rén xiān shè mǎ　　qín zéi xiān qín wáng
射人先射馬　擒賊先擒王

釋義： 打擊對方要先打擊頭目，辦事要
先抓要害。

例句： 各派人馬都十分明白「射人先射
馬，擒賊先擒王」的道理，各自
密謀打擊對方首領的行動。

shī fu lǐng jìn mén　　xiū xíng zài gè rén
師傅領進門　修行在個人

釋義： 比喻雖有人提攜，成就還是靠本身的努力去爭取。

例句： 父親在功課上對女兒不斷提點，苦口婆心地說：
「『師傅領進門，修行在個人』，學習還得靠自己！」

gōng jìng bù rú cóng mìng
恭敬不如從命

[釋][義]：謙讓尊敬不如聽從命令。

[例][句]：既然你幾次邀我來，「恭敬不如從命」，我一定來。

ná zhe jī máo dāng lìng jiàn
拿着雞毛當令箭　[貶]

[釋][義]：令箭：古時發佈命令的憑證。
比喻把小事當作重大的事情。

[例][句]：此人逢迎拍馬自有一套，尤愛
「拿着雞毛當令箭」，為他人
所不齒！

📖 故事鏈接

　　商朝末年，商紂王昏庸殘暴，引起了各地諸侯的不滿，西岐周武王聯合了四方諸侯，起兵攻打商紂王。商紂王開始並不以為然，但他把戰俘和奴隸們組織起來，湊成了七十萬大軍，來對抗周武王不到十萬的軍隊，商紂王每天依然尋歡作樂。這一天，商紂王正帶領大臣們觀看鬥雞表演，突然有人驚慌失措地跑進來稟報：「大王，不好了！西岐的大軍馬上就要打到京城了！」

　　商紂王一聽，嚇出一身冷汗，連忙叫來大將軍辛庚，隨手將手中的一根雞毛向他一扔，說：「情況緊急，你就拿着雞毛當令箭，快快領兵前去抗敵！」

　　然而商朝軍隊中的奴隸和戰俘們都不願為紂王賣命，他們逃的逃，投降的投降，幾十萬大軍被打得大敗，周武王軍隊很快攻入京城。商紂王見大勢已去，登上高台自焚而死，周武王一舉奪得天下。

liú fāng bǎi shì　yí chòu wàn nián
流芳百世　遺臭萬年

釋義：指人的好名聲或壞名聲到死後仍會保留着。

例句：老師說：「岳飛『流芳百世』，而秦檜『遺臭萬年』，歷史是十分公正的！」

xié jǐn wěi ba zuò rén
挾緊尾巴做人

釋義：比喻待人處世小心謹慎，唯恐得罪人。

例句：兄弟倆性情相反，一個是翹起尾巴，不可一世；一個則是「挾緊尾巴做人」，小心謹慎。

pángguān zhě qīng　dāng jú zhě mí
旁觀者清　當局者迷

釋義：局外人看問題很清楚，當事人往往糊塗。

例句：「旁觀者清，當局者迷」，你是局外人，談談你對這事的看法吧。

shí shì zào yīngxióng
時勢造英雄

釋義：時代動盪，發生巨變時，容易造就出英雄人物。

例句：上世紀九十年代世界形勢動盪多變，「時勢造英雄」，出了幾個令人矚目的政壇人物。

shū dào yòng shí fāng hèn shǎo
書到用時方恨少

釋義：到了實際應用時，才會悔恨書讀得太少了。

例句：目前哥哥在寫論文，需要閱讀大量參考書，頭緒萬
千，手忙腳亂，深深感到了「書到用時方恨少」！

táo lǐ bù yán　　xià zì chéng xī
桃李不言　下自成蹊

釋義：指只要人品高尚，不用宣揚，自會被人賞識。

例句：「桃李不言，下自成蹊」，雖然鄭先生深居簡出，
但上門拜他為師學琴的人一直沒有少過。

故事鏈接

　　西漢時期，有一位勇猛善戰的將軍名叫李廣，一生跟匈奴打
過七十多次仗，戰功卓著，深受官兵和百姓的愛戴。

　　李廣雖然身居高位，統領千軍萬馬，但
他一點也不居功自傲。每次朝廷給他的賞賜，
他首先想到的是部下們。他把賞賜統統分給
官兵們；行軍打仗時，遇到糧食或水供應不
上的情況，他也同士兵們一樣忍饑挨餓；打
起仗來，李廣身先士卒，英勇頑強，只要他
一聲令下，大家個個奮勇殺敵，不懼犧牲。

　　後來，當李廣將軍去世的噩耗傳到軍營
時，全軍將士無不痛哭流涕，連許多與大將軍平時並不熟悉的百
姓也紛紛悼念他。在人們心目中，李廣將軍就是他們崇拜的大英雄。

　　漢朝史學家司馬遷在為李廣立傳時稱讚道：「桃李不言，下
自成蹊。」讚頌李廣將軍如桃李一般，從不自誇，但以其真誠和
高尚的品質贏得了人們的崇敬。

táo lǐ mǎntiān xià

桃李滿天下　褒

釋義：桃李：指培養的後輩或所教的學生。比喻學生很多，
各地都有。

例句：七十年來，林教授教過多少學生無法統計，受過他
教誨的學生遍佈海內外，許多人已成為著名學者，
真正是「桃李滿天下」。

故事鏈接

　　春秋時期，魏國大臣子
質學富五車，知識廣博。因
為得罪了權貴，他跑到北方
躲難，為了維持生計開了一
間學館。子質所收的學生不
分貧富，只要願學的都可以
拜他為師，一視同仁。

　　這個學館裏有一棵桃樹，
一棵李樹。凡是來上學的學
生都跪在桃李樹下認先生。子質指着兩棵果實纍纍的大樹教導學
生們說：「你們都要刻苦學習，要像這兩棵樹一樣開花結果。只
有學問高，才能為國家做出一番大事業。」

　　為了把學生教育成有用的人材，子質認真教學。在他的嚴格
管教下，學生們都發奮讀書，學到了不少真本領。後來，這些學
生先後成材，成了國家的棟樑。他們為了感念子質先生的教誨，
都在自己住處親手栽種桃樹和李樹。

　　子質到各國遊歷時，碰到了在各國當官的學生，並看到了學
生栽的這兩種樹，自豪地說：「我的學生真是桃李滿天下啊！個
個都很有作為！」從此，當老師的就以「桃李」代稱學生，並把
學生多稱作「桃李滿天下」了。

làng zǐ huí tóu jīn bú huàn
浪子回頭金不換 　褒

釋義：敗家子能回心轉意，比金子還寶貴。

例句：出走三年的阿浪終於回家了，「浪子回頭金不換」，
　　　父親十分高興，今晚還要在外面設宴為他洗塵呢！

hǎi kuò píng yú yuè　　tiān gāo rèn niǎo fēi
海闊憑魚躍　天高任鳥飛

釋義：天地寬闊，可以任由發揮力量。

例句：香港有這麼多商業機構，你所學的知識必定大有用
　　　武之地，「海闊憑魚躍，天高任鳥飛」，就看你怎
　　　樣表現了。

liè huǒ jiàn zhēn jīn
烈火見真金　褒

釋義：比喻在嚴峻考驗中可以發現意志堅強的人。

例句：空話人人會說，而「烈火見真金」，真金就沒有幾
　　　個了！

wū yún zhē bu zhù tài yáng
烏雲遮不住太陽

釋義：比喻真理或正義事業是不會被掩蓋和撲滅的。

例句：「烏雲遮不住太陽」，我們相信，他們的正義事業
　　　一定會勝利的。

留得青山在　哪怕沒柴燒
liú dé qīngshān zài　nǎ pà méicháishāo

也作「留得青山在　不怕沒柴燒」

釋義：保存一定的力量，將來總能夠達到目的。

例句：儘管財物都付之一炬，幸虧人命都保住了，「留得青山在，哪怕沒柴燒」。

疾風知勁草　歲寒見後凋　褒
jí fēng zhī jìng cǎo　suì hán jiàn hòu diāo

釋義：比喻在緊要關頭才能考驗出一個人的品質。

例句：在敵人的嚴刑拷打中，平時瘦弱的他仍然甚麼也不透露，真是「疾風知勁草，歲寒見後凋」啊！

病急亂投醫　也作「病篤亂投醫」　貶
bìng jí luàn tóu yī

釋義：比喻事情緊急時，到處求人解決。

例句：這陣子他失業，發出了許多求職信，也四處打電話求人幫忙，真有點「病急亂投醫」的味道！

病從口入　禍從口出
bìngcóngkǒu rù　huòcóngkǒu chū

釋義：話講得太隨便容易惹禍。

例句：有些人生性敏感，我們講話不妨謹慎一些，避免「病從口入，禍從口出」！

zhēn rén bú lòu xiàng　　lòu xiàng fēi zhēn rén
真人不露相　露相非真人

釋義：指有本事的人不輕易暴露真面目。

例句：別看阿敦外表粗裏粗氣的，肚裏文章可不少，這就叫作「真人不露相，露相非真人」。

zhēn de jiǎ bù liǎo　　jiǎ de zhēn bù liǎo
真的假不了　假的真不了

釋義：真的就是真的，假的就是假的，變不了。

例句：謠言其實不必害怕，「真的假不了，假的真不了」，真相遲早會弄清楚的。

zhēn lǐ yuè biàn yuè míng　　dào li yuè jiǎng yuè qīng
真理越辯越明　道理越講越清

釋義：是非曲直越辯論就會越清楚。

例句：「真理越辯越明，道理越講越清」，經過三天的辯論會，我基本上把幾個一直困惑我的問題弄清楚了。

xiào lǐ cáng dāo
笑裏藏刀　　近義：「明是一盆火　暗是一把刀」

釋義：形容對人外表和氣，內心卻陰險毒辣。

例句：你別看他表面一團和氣，實則「笑裏藏刀」，須小心提防才是。

néng zhě duō láo
能者多勞

釋義： 能幹的人，做的事也多。

例句： 所謂「能者多勞」，他甚麼
都在行，工作量自然大了。

jiǔ hòu tǔ zhēn yán
酒後吐真言

釋義： 指喝了酒後常講真心話。

例句： 「酒後吐真言」，他這才說出了當年退出樂隊的實
情。

jiǔ féng zhī jǐ qiān bēi shǎo　　huà bù tóu jī bàn jù duō
酒逢知己千杯少　話不投機半句多

釋義： 形容投契的朋友話談不完，見解不同的則沒話說。

例句： 「酒逢知己千杯少，話不投機半句多」的關鍵在於
志趣和品味吧。

pí fú hàn dà shù
蚍蜉撼大樹　　也作「蚍蜉撼樹」　近義：「自不量力」

釋義： 蚍蜉，指螞蟻。以螞蟻的力量想去搖動大樹。比喻
自不量力的人不可能成功。

例句： 今晚的球賽，甲隊實力太強了，乙隊則太弱，乙隊
想打敗甲隊，有如「蚍蜉撼大樹」。

zuò yí rì hé shang zhuàng yí rì zhōng

做一日和尚 撞一日鐘　貶

也作「當一天和尚敲一天鐘」　近義:「得過且過」

釋義：比喻過一天算一天，馬馬虎虎，得過且過。

例句：我問小馬工作情況如何？他說工作枯燥不堪，他現
在是「做一日和尚撞一日鐘」，得過且過。

tōu jī bù zháo shí bǎ mǐ

偷雞不着蝕把米　也作「偷雞不着反折一把米」　貶

釋義：比喻想撈好處，反遭損失。

例句：這小偷鑽門入屋，一塊錢也找不到，反把錢包掉在
屋裏了，「偷雞不着蝕把米」，令他懊惱得很。

yǎ zi chī huáng lián　yǒu kǔ zì jǐ zhī

啞子吃黃連　有苦自己知

也作「啞子吃黃連　有苦說不出」

釋義：有苦只存在於心，無法訴説。

例句：秀琳在家要做大量家務，考試成績很差，遭到老師
批評，真是「啞子吃黃連，有苦自己知」。

120

guó jiā xīngwáng　　pǐ fū yǒu zé
國家興亡　　匹夫有責　　也作「天下興亡　匹夫有責」

釋義：國家盛衰興亡，每一個國民皆有責任。

例句：「國家興亡，匹夫有責」，我們應該關心時局，天
　　　　天讀報紙。

qiáng niǔ de guā bù tián
強扭的瓜不甜

釋義：比喻強迫辦某件事不會有好效果。

例句：母親對父親說：「既然美芬不喜歡芭蕾舞，那就不
　　　　要勉強她學了，『強扭的瓜不甜』嘛！」

qiángjiàngshǒu xià wú ruò bīng
強將手下無弱兵　　也作「強將之下無弱兵」

釋義：英勇的將領部下沒有軟弱無能的士兵。比喻強者手
　　　　下沒有怯弱之人。

例句：果然是「強將手下無弱兵」，張教練帶出來的學生
　　　　一舉拿下了這次山地越野賽跑的第一名。

děi fàngshǒu shí xū fàngshǒu　　děi ráo rén chù qiě ráo rén
得放手時須放手　　得饒人處且饒人

釋義：可以寬恕別人時就寬恕。

例句：爸爸常教我：「做人不能太絕情和過分，『得放手
　　　　時須放手，得饒人處且饒人』！」

得道多助　失道寡助

釋義：正義者會得到多方支持，而違背正義者，必然陷於
孤立。

例句：乙軍勢如破竹，起義成功，再一次證明了「得道多
助，失道寡助」的道理非常正確！

情人眼裏出西施

釋義：西施是春秋時期越國有名的美女。比喻自己愛的人
總覺得很美。

例句：麗蓉各方面都不怎麼樣，可他迷戀得不得了，這就
是所謂「情人眼裏出西施」吧。

掛羊頭賣狗肉　貶

也作「懸羊頭　賣狗肉」　　近義：「名不副實」、「表裏不一」

釋義：用好的名義作幌子，
實際上幹壞事。

例句：這家推銷公司的招聘
廣告實際上是「掛羊
頭賣狗肉」，他們的
目的實際是騙取錢
財，而不是招攬人
材。

mǐn ér hào xué　　bù chǐ xià wèn
敏而好學　不恥下問　褒

釋義：聰明而又好學，樂於向比自己差的人請教。

例句：學海無涯，只有具備「敏而好學，不恥下問」的精
　　　神，才能學到豐富的知識。

jiù　le　luò shuǐ gǒu　　huí tóu yǎo yì kǒu
救了落水狗　回頭咬一口

釋義：比喻好心反而受到惡報。

例句：哥哥對我說：「我們幫他不要緊，可是如果『救了
　　　落水狗，回頭咬一口』的話，那就慘了。」

jiù rén yí mìng　　shèng zào qī jí fú tú
救人一命　勝造七級浮屠

也作「救人一命　勝造七級浮圖」

釋義：浮屠：佛塔。救人一條性命，比建築七層佛塔的功
　　　德還大。

例句：老太太緊緊握着年輕人的手，激動地說：「『救人
　　　一命，勝造七級浮屠』，多謝你救了我的命！」

zhǎn cǎo yào chú gēn
斬草要除根

釋義： 比喻除害務盡。

例句： 老師帶領我們清除臭水溝，她說：「消滅蚊子，光靠噴劑沒用，『斬草要除根』，這些臭水，才是滋生蚊子的溫牀呢！」

yù jiā zhī zuì　　hé huàn wú cí
欲加之罪　何患無辭 貶

釋義： 有意要加上罪名，哪怕沒有理由。

例句： 大權掌握在他們手中，要怎麼說都可以，「欲加之罪，何患無辭」？

yù sù zé bù dá
欲速則不達　　近義：「揠苗助長」　貶

釋義： 想快反而掌握得不好，指凡事不可急躁。

例句： 媽媽對美蘭說：「學繡花要有耐心，一針一針地繡，須知『欲速則不達』！」

shā jī yān yòng niú dāo
殺雞焉用牛刀　　也作「割雞焉用牛刀」

釋義： 比喻處理小事情不必用大力氣。

例句： 一個小偷在街上行竊，警方馬上調動數十名警員包圍，其實，「殺雞焉用牛刀」？

shā jī gěi hóu kàn
殺雞給猴看　　也作「殺雞儆猴」

釋義：懲罰這個人，嚇唬另一批
　　　人。

例句：小張不滿地說：「拿我開
　　　刀，其實是『殺雞給猴
　　　看』，你們還不清楚？」

qīng guān nán duàn jiā wù shì
清官難斷家務事　　也作「清官難審家庭事」

釋義：別人家庭的細節，外人不必多管。

例句：「清官難斷家務事」，兩家的糾紛我們不要插手了！

yǎn bú jiàn wéi jìng
眼不見為淨

釋義：不去看或理睬（不遂意的人和事），心裏反而清淨。

例句：每次開會，他們都吵得幾乎要打起來，這種會議我
　　　不想參加，「眼不見為淨」。

yǎn jiàn wéi shí　　ěr tīng wéi xū
眼見為實　耳聽為虛

釋義：聽來的傳聞是靠不住的，親眼看到才算是真的。

例句：他描繪的這款產品未來前景固然很好，但「眼見為
　　　實，耳聽為虛」，等他拿出真正的產品再說吧！

眼高手低　志大才疏
yǎn gāo shǒu dī　zhì dà cái shū

釋義：指願望很大，能力很小。

例句：他計劃訂了一套又一套，可我從未見過他辦成功一件事，他是不是有點「眼高手低，志大才疏」？

笨人先起身　笨鳥先出林
bèn rén xiān qǐ shēn　bèn niǎo xiān chū lín

釋義：比喻能力差的人做事，恐怕落後，比別人先行動。

例句：這位朋友說，他是用「笨人先起身，笨鳥先出林」的方法，堅持讀完那本厚厚的書的。

習慣成自然
xí guàn chéng zì rán

釋義：養成習慣之後，就跟天然生成一樣了。

例句：他走路步子很大，常把朋友甩在後頭，可是他自己不覺得走得快，可能是「習慣成自然」了吧。

貧居鬧市無人問　富在深山有遠親
pín jū nào shì wú rén wèn　fù zài shēn shān yǒu yuǎn qīn

釋義：形容世態炎涼，人情勢利。

例句：差利‧卓別靈潦倒時沒有人理睬，成名後到倫敦，不到三日就收到一萬多封信，其中九人自稱是他的母親，真是「貧居鬧市無人問，富在深山有遠親」！

tān xiǎopián yi chī dà kuī
貪小便宜吃大虧　貶

釋義：因小利、私心而招致大損失。

例句：小吉每次上巴士都趁人多不付車資，司機早注意他了，終於有一次將他送交警察，這可真是「貪小便宜吃大虧」！

ruǎndāo zi shā rén bú jiàn xiě
軟刀子殺人不見血

釋義：形容用陰險毒辣的手段害人，不易被察覺。

例句：這個皇帝清除異己，方法很多，最著名的是「軟刀子殺人不見血」。

zhè shān wàng jiàn nà shāngāo
這山望見那山高　近義：「見異思遷」

釋義：形容三心二意、永不滿足。

例句：偉明學小提琴前後已換了五個老師，他真是「這山望見那山高」。

yě huǒshao bu jìn　chūnfēngchuī yòushēng
野火燒不盡　春風吹又生

釋義：比喻有強大生命力的事物。

例句：現代社會，文學刊物不易維持，但「野火燒不盡，春風吹又生」，這一本停刊了，很快又有新的面世。

niǎo zhī jiāng sǐ　　qí míng yě āi　　rén zhī jiāng sǐ　　qí yán yě shàn

鳥之將死　其鳴也哀　人之將死　其言也善

釋義：比喻人到了臨死的時候，會良心發現，說出一些懺
悔的話。

例句：「鳥之將死，其鳴也哀，人之將死，其言也善。」
作惡多端的高老夫子斷氣前，殷殷交代兒子們不要
再走他的老路。

má què suī xiǎo　　wǔ zàng jù quán

麻雀雖小　五臟俱全

釋義：事物雖小，卻也樣樣俱全。

例句：別看這家商店門面不大，「麻雀雖小，五臟俱全」，
甚麼日用品都可買到呢。

shèng bài nǎi bīng jiā cháng shì
勝 敗 乃 兵 家 常 事　　也作「勝負乃兵家常事」

釋義： 有勝有敗，是軍事上或競賽中常有的事。

例句： 「勝敗乃兵家常事」，這次籃球爭霸賽我們輸了，
下次再努力爭取吧！

shàn yǒu shàn bào　　è yǒu è bào　　bú shì bú bào　　shí chen wèi dào
善 有 善 報　　惡 有 惡 報　　不 是 不 報　　時 辰 未 到

也作「善惡到頭終有報，只爭來早與來遲」

釋義： 做了好事或壞事，遲早總有報應。

例句： 「善有善報，惡有惡報，不是不報，時辰未到。」
放心吧，這一小撮壞蛋不會有好下場的！

è rén xiān gào zhuàng
惡 人 先 告 狀　　貶

釋義： 自己幹了壞事，反而搶先去誣告他人。

例句： 這件事我看是「惡人先告狀」，你別急，事實總會
弄得一清二楚的。

è gǒu pà zòu   è rén pà dòu
惡狗怕揍　惡人怕鬥

釋義：對付壞人不能心軟，要同他鬥爭。

例句：這傢伙平時專門欺侮老實人，如今有大熊在，他就
　　　不敢了，真是「惡狗怕揍，惡人怕鬥」呢！

xīngxīng xī xīngxīng   hǎo hàn xī hǎo hàn
惺惺惜惺惺　好漢惜好漢

釋義：惺惺：聰明人。指同類的人相互敬重。

例句：「惺惺惜惺惺，好漢惜好漢」，兩個硬漢久別重逢，
　　　竟都流了淚。

huàntāng bú huànyào
換湯不換藥　貶

釋義：只變形式而實質仍沒變。

例句：這幾本書，只是書名不同，內容差不多，真是「換
　　　湯不換藥」。

qí féng dí shǒu   jiāng yù liáng cái
棋逢敵手　將遇良材

釋義：勢均力敵之意。

例句：他們二人真是「棋逢對
　　　手，將遇良材」，連下幾
　　　日棋都沒分出勝負。

wú gōng bú shòu lù
無功不受祿

媽媽，我的學習沒有甚麼突出表現，獎給我一百元書券幹甚麼？「無功不受祿呀！」

釋義：祿：古時官員的薪酬。不能無緣無故接受優待或獎賞。

例句：子明笑說：「媽媽，我的學習沒有甚麼突出表現，獎給我一百元書券幹甚麼？『無功不受祿』呀！」

 故事鏈接

　　列子是戰國時期有名的思想家和文學家。他生活貧困，因為長期忍饑挨餓而面黃肌瘦。有人對鄭國的最高長官子陽說起這件事：「列子賢德，居住在你治理的國家卻一貧如洗。恐怕是你不喜歡賢德的君子吧？」子陽聽了這些話後，馬上派人送食物給列子。

　　列子見到派來的官吏，再三辭謝說「無功不受祿」，拒不接受賜予。使者走後，列子回到屋中，妻子埋怨說：「我聽說有德之士的妻子，都能享受舒適的生活，而我卻常要挨餓。現在子陽先生瞧得起我們才會派人送來食物，可是你竟一口拒絕。莫非我們命該如此？！」

　　列子說：「子陽送來食物，是因為別人說起來才這樣做而已，將來他也可聽信別人的話而加罪於我，我怎麼能接受呢？」後來，人民不滿子陽，羣起造反，把他殺掉了。

wú qiǎo bù chéng shū
無巧不成書　也作「沒巧不成話」、「無巧不成話」

釋義：事情非常湊巧。

例句：我的生日正好在聖誕節，真是「無巧不成書」。

wú shì bù dēng sān bǎo diàn
無事不登三寶殿

釋義：三寶殿，泛指佛殿。比喻沒事不登門，上門必有事
相求。

例句：做人不能只是「無事不登三寶殿」，無論有事無事，
我們都應和朋友保持聯絡。

wú fēng bù qǐ làng
無風不起浪　　近義：「事出有因」

釋義：比喻事情的發生必有原因。

例句：我想：「無風不起浪」，如果沒有人反映，他們又
怎麼會知道我的表現是怎樣的呢？

huà hǔ bù chéng fǎn lèi quǎn
畫虎不成反類犬

釋義：比喻想把事情辦好，結果反而弄糟。

例句：他本是這個意思，但表達方式欠妥，結果是「畫虎
不成反類犬」，得罪了對方。

chèn rè hǎo dǎ tiě
趁熱好打鐵　　也作「打鐵趁熱」

釋義：比喻辦事要抓緊時機。

例句：目前的市道還不錯，你不妨「趁熱好打鐵」，開設
新公司吧！

pǎo le hé shang pǎo bù liǎo miào
跑了和尚跑不了廟

釋義： 比喻逃脱不掉。

例句： 這劫匪現在躲起來了，但他們在香港有家有妻兒，
「跑了和尚跑不了廟」，總有被繩之以法的一天。

yǐn shuǐ yào sī yuán
飲水要思源

釋義： 比喻做人不能忘本。

例句： 「飲水要思源」，所以這位成功的企業家為母校捐
了一大筆款，用來修繕校舍。

wēn gù ér zhī xīn
温故而知新

釋義： 温習以前所學的，悟出新的意義。

例句： 「温故而知新」是讀書的一個有效方法，會有意想
不到的收穫，不妨一試。

jìng jiǔ bù chī chī fá jiǔ
敬酒不吃吃罰酒

釋義： 比喻好話不聽，要強迫才行。

例句： 匪首對人質說：「如果你『敬酒不吃吃罰酒』，就別怪我冷酷無情了！」

xīn guān shàng rèn sān bǎ huǒ
新官 上任三把火

釋義： 古時比喻新官上任，總要裝模作樣，顯示威風。

例句： 「新官上任三把火」，他一升級，馬上就叫了幾個人來面訓。

xīn píng jiù jiǔ
新瓶舊酒

釋義： 透過新的形式，表現舊的事物。

例句： 這些手工作品，只是「新瓶舊酒」，沒有甚麼創意。

yè jīng yú qín huāng yú xī

業精於勤 荒 於嬉

釋義：學業不斷進步在於刻苦勤奮，學業荒廢在於貪玩不
求上進。

例句：在畢業紀念冊上，老師題了「業精於勤荒於嬉」來
勉勵志雄。

fú wú shuāng zhì　　huò bù dānxíng

福無 雙 至　禍不單行　貶

也作「福不重至　禍必重來」、「福無重受日　禍有並來時」

釋義：不幸的事往往會接踵而來。

例句：今年冬天，爸爸重病入院，媽媽車禍受傷，真是「福
無雙至，禍不單行」。

zhì zhī sǐ dì ér hòukuài

置之死地而後快

釋義：恨不得把人逼到絕路，弄死才痛快。

例句：此人心腸一向狠毒，你落入他手中，他自然是「置
之死地而後快」了。

wànzhànggāo lóu píng dì qǐ

萬丈 高樓平地起

釋義：凡事都是從基礎開始的。

例句：「萬丈高樓平地起」，學英文得先從 ABC 學起，學
數學得從加減乘除開始。

wàn shì jù bèi   zhī qiàn dōng fēng
萬事俱備　只欠東風

釋義：比喻辦一件事，其他條件都已經齊備，只差關鍵的
　　　　一步。

例句：今次露營是「萬事俱備，只欠東風」，因為帳篷、
　　　　食物、用品等都準備好了，只差爸爸還未答應。

wàn shì qǐ tóu nán
萬事起頭難　　也作「萬事開頭難」

釋義：凡事開始時都不容易。

例句：「萬事起頭難」，偉明剛寫日記時總是不知寫甚麼
　　　　才好，可是寫了一個星期以後，下筆就順暢多了。

wàn bān jiē xià pǐn   wéi yǒu dú shū gāo
萬般皆下品　唯有讀書高

釋義：古人認為：除了讀書最高尚外，其他行業都是下賤的。

例句：現代社會，「萬般皆下品，唯有讀書高」的觀念漸
　　　　漸在改變，有不少人中學一畢業就投身社會工作。

wàn biàn bù lí qí zōng
萬變不離其宗

釋義：宗：宗旨。形式千變萬化，本質卻始終不變。

例句：超級市場又是大減價，又是大贈送，花樣層出不窮，
　　　　但「萬變不離其宗」，不外是想招徠更多顧客。

jiě líng hái xū　jì líng rén
解鈴還需繫鈴人　　近義：「心病還需心藥醫」

釋義：比喻誰引發的事，還是由誰來解決。

例句：美玲是麗萍惹哭的，結果還是由麗萍去勸止了，「解
　　　鈴還須繫鈴人」嘛！

lù　jiàn bù píng　　bá dāoxiāng zhù
路見不平　拔刀相助　褒

釋義：打抱不平。

例句：他是一個「路見不平，
　　　拔刀相助」的人，頗有
　　　古代俠客之風。

lù　yáo zhī mǎ　lì　　rì　jiǔ jiàn rén xīn
路遙知馬力　日久見人心

釋義：時間可以考驗一個人的品性。

例句：友誼能否長存，只有時間可以證明，所謂「路遙知
　　　馬力，日久見人心」就是這個意思。

tiào jìn huáng hé xǐ　bu qīng
跳進　黃　河洗不清

釋義：冤屈無處辯白的意思。

例句：事情的真相終於大白了，他不必擔心「跳進黃河洗
　　　不清」了。

guò le hé　　jiù chāiqiáo

過了河　就拆橋　也作「過河拆橋　過橋抽板」 貶

釋義：比喻目的達到了，就把被利用者拋棄。

例句：在功利社會裏，「過了河，就拆橋」的情況屢見不
鮮，不必過分奇怪。

guò wǔ guān　　zhǎn liù jiàng

過五關　斬六將

釋義：比喻一個人克服重重困難，最後獲得成功。

例句：家偉一路「過五關，斬六將」，終於將學校演唱比
賽冠軍的獎盃抱在自己懷裏。

故事鏈接

　　三國時期，關羽被曹操俘虜，因為曹操很欣賞關羽，並且想
讓關羽歸順自己，就用盡辦法拉攏關羽，但關羽不為所動。後來
關羽得知了劉備的消息，便給曹操留下一封信後不辭而別。

　　由於沒有得到曹操的放行命令，一路上，關羽遭到層層阻攔，
但他英勇無比，憑藉一己之力，連闖五個關門，殺掉了曹操手下
的六員大將。

　　後來曹操沒辦法，只好派人給關羽送來放行公文，關羽終於
回到劉備的身邊。

dào bù tóng　　bù xiāng wéi móu
道不同　不相為謀

釋義： 主張不同就沒有共同語言。

例句： 一個從商，一個從文，這兩人坐在一起竟沒有多少
話題，看來這就是「道不同，不相為謀」了吧！

dào gāo yì chǐ　　mó gāo yí zhàng
道高一尺　魔高一丈　貶

釋義： 反面力量超過正面力量。

例句： 雖然本市的警方已經加強撲滅罪行的措施，但是「道
高一尺，魔高一丈」，罪案數字仍然上升。

gé háng rú gé shān
隔行如隔山

釋義： 比喻這一行業的人不瞭解另一行業的情況。

例句： 真是「隔行如隔山」，他對購房屋的事情生疏得很，
一大堆合同看得眼花繚亂。

léi shēng dà　　yǔ diǎn xiǎo
雷聲大　雨點小

釋義： 形容聲勢浩大而實際行動不足。

例句： 公司老闆每次都說要提高員工薪酬，卻總是「雷聲
大，雨點小」。

bǎo hàn bù zhī è hàn jī
飽漢不知餓漢饑　　也作「飽人不知餓人饑」

釋義：吃飽的人不知饑餓者的難過滋味。比喻不知他人的痛苦。

例句：他嫌新買的房子不夠大，哪想到還有許多人連房子都買不起呢！真是「飽漢不知餓漢饑」。

bān qǐ shí tou zá zì jǐ de jiǎo
搬起石頭砸自己的腳　　近義：「自作自受」

釋義：比喻本有意害人，結果反害了自己。

例句：子明十分調皮，常躲在拐角處想嚇唬小朋友，結果「搬起石頭砸自己的腳」，被尾隨而來的警察狠狠教訓了一頓。

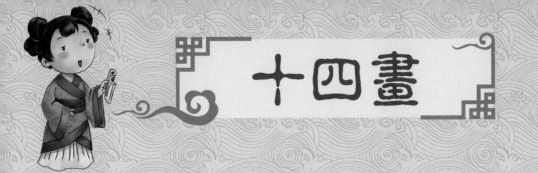

nìng wèi yù suì　　bù wéi wǎ quán
寧為玉碎　不為瓦全　褒

也作「寧可玉碎　不能瓦全」　近義:「寧死不屈」

釋義: 比喻寧願壯烈地死去，也不願苟且偷生。

例句: 為了保國衛家，中華兒女發揚了「寧為玉碎，不為瓦全」的精神，紛紛奔赴前線抗日。

nìng wéi jī kǒu　　wú wéi niú hòu
寧為雞口　毋為牛後

也作「寧為雞口　不為牛後」、「寧為雞口　無為牛後」

釋義: 寧可小而自主，不願大而隨從。

例句: 「寧為雞口，毋為牛後」，她情願去做一家小店的經理，也不願留在一間大百貨公司做營業代表。

màn gōng chū xì huó
慢工出細活　也作「慢工出細貨」

釋義: 仔細一些就可以做好一些。

例句: 她雖做得慢，但細緻，「慢工出細活」，品質可以保證。

kāng tā rén zhī kǎi
慷他人之慨

釋義：指捨得花錢或施予，用的卻是別人的錢。

例句：你別以為他闊綽，他是「慷他人之慨」呢！

mǎn zhāo sǔn　　qiān shòu yì
滿招損　謙受益　也作「謙受益　滿招損」

釋義：自滿一定招來損失，謙虛一定得到益處。

例句：在學業上，我們一定要記住「滿招損，謙受益」這
　　　句話。

mǎn zuǐ rén yì dào dé　　yí dù zi nán dào nǚ chāng
滿嘴仁義道德　一肚子男盜女娼

釋義：表面仁慈，內心邪惡。

例句：這部電影中的部長，是個「滿嘴仁義道德，一肚子
　　　男盜女娼」的人物。

yí xīn shēng àn guǐ
疑心生暗鬼　也作「暗心生闇鬼」

釋義：懷疑發生了甚麼情況，其實
　　　只是幻象。

例句：小忠老覺得任何時刻都有人
　　　跟蹤在他後面，我想，多半
　　　是他「疑心生暗鬼」吧！

shòu sǐ de luò tuo bǐ mǎ dà
瘦死的駱駝比馬大

釋義： 比喻有錢有勢者即使失勢破產，也比一般人好；也
比喻有本領者即使受到折磨，也比一般人強。

例句： 王阿姨笑着對我說：「『瘦死的駱駝比馬大』，你
們再窮，也比我們最富時強！」

zhòngguā dé guā　　zhòngdòu dé dòu
種 瓜 得 瓜　　種 豆 得 豆

釋義： 比喻做了甚麼樣的事，就會得到甚麼樣的結果。

例句： 殺人犯終於被判死刑了，這是「種瓜得瓜，種豆得
豆」，罪有應得。

zhònghuā yì nián　　kàn huā shí rì
種 花 一 年　　看 花 十 日

釋義： 比喻欣賞容易，親力親為艱難。

例句： 「種花一年，看花十日」，這個作者花了兩年寫成
的長篇小說，阿梅花了一晚就讀完了！

^{jīng chéng suǒ zhì} ^{jīn shí wéi kāi}
精誠所至 金石為開 (褒)

也作「精誠所加 金石為虧」、「精誠所加 金石為開」

釋義：只要專一真誠，任誰都會被感動。用以勉勵人只要
有誠心，沒有辦不成的事。

例句：「精誠所至，金石為開」，他三番五次地表示要參
加演出，並決心演好，終於使導演感動，同意給他
一個角色了。

故事鏈接

　　西漢時期的名將李廣，因為擅長騎馬射箭，作戰勇敢，人稱
「飛將軍」。

　　有一天傍晚，他去山上打獵，忽然發現草叢中趴着一隻老虎。
李廣吃了一驚，來不及細看，
連忙搭弓射箭，用盡全力將箭
射向老虎。因為天色昏暗，李
廣不敢久留，離開了這裏。

　　第二天他帶人前去查看，
這才發現昨夜被射中的不是老
虎，而是一塊形狀很像老虎的
大石頭。箭頭深深射入石頭當
中，連箭尾也幾乎射進石頭中去了。李廣很驚訝，他不敢相信自
己能有這麼大的力氣，於是想再試一試，就往後退了幾步，張弓
搭箭，用力向石頭射去。可是，一連幾箭都沒有射進去，不是箭
頭破碎了，就是箭杆折斷了，而大石頭一點兒也沒有受到破壞。

　　人們對這件事情感到很驚奇，疑惑不解，於是就去請教學者
揚雄。揚雄回答說：「如果誠心實意，即使像金石那樣堅硬的東
西也會被打動的。」。「精誠所至，金石為開」這一諺語便由此
流傳下來。

yǔ bù jīng rén sǐ bu xiū
語不驚人死不休

釋義：語句誇張，特別引人注意。

例句：小明想引起同學的注意，經常是「語不驚人死不休」
的。

yuǎnshuǐ jiù bu de jìn huǒ
遠水救不得近火

也作「遠水不解近渴」、「遠水難救近火」、「遠水救不得近渴」

釋義：形容力不可及者，不能解決急待解決的問題。

例句：李將軍歎了一聲道：「地方太遠了，『遠水救不得
近火』，即使馬上出兵，也趕不及了。」

yuǎn qīn bù rú jìn lín
遠親不如近鄰

釋義：遠方的親戚不如附近的鄰居關係密切。

例句：林太太的親戚雖多，但都在海外，她常覺得「遠親
不如近鄰」，鄰居張太太跟她情同姐妹，關係好得
不得了。

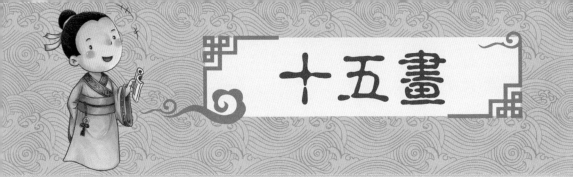

huì yǎn shí yīngxióng
慧眼識英雄

釋義： 明眼識人之意。

例句： 要不是你發掘了她，她也沒有今天。你不愧為「慧眼識英雄」呀！

qióng zé biàn　　biàn zé tōng
窮則變　變則通

釋義： 事物發展到盡頭就要發生變革，變革了才能繼續發展下去。

例句： 該國目前經濟瀕臨崩潰，老百姓怨聲載道，不過「窮則變，變則通」，只要領導人處理得法，沒有過不了的難關。

jiàn zài xiánshàng　　bù dé bù fā
箭在弦上　不得不發

釋義： 事情到了不得不說或不得不做的時候。

例句： 「箭在弦上，不得不發」，我已經到了不能再沉默的時候了！

賠了夫人又折兵　也作「陪了夫人又折兵」　貶

釋義：比喻便宜不但沒佔到，反而吃大虧，遭受雙重損失。

例句：在這場戰爭中，丙國死傷無數，還遭到世界和平人士的一致譴責，真是「賠了夫人又折兵」！

故事鏈接

　　三國時期，荊州是兵家必爭之地。當初，劉備窘迫時，向東吳「借」荊州以棲身，休養勢力。後來，東吳再三索要荊州，劉備以各種理由再三推搪。

　　東吳的大都督周瑜十分氣惱，便想用計取回荊州。他聽說劉備不久前喪妻，便假稱孫權許諾將妹妹嫁給劉備，騙劉備來到東吳，然後將他囚禁起來作為人質，換回荊州。

　　但是諸葛亮識破了周瑜的計謀，派人陪劉備前往東吳，設計說服孫權的母親，真的將孫權的妹妹嫁給劉備。劉備在孫夫人的幫助下離開了東吳。周瑜率領大軍圍追阻截，卻被諸葛亮佈置好的軍隊打得落花流水，急忙登船逃跑。

　　諸葛亮得了便宜還賣乖，不忘叫士兵齊喊：「周郎妙計安天下，賠了夫人又折兵。」羞辱周瑜一番，氣得周瑜大叫，暈倒在船上。後來這句諺語就用於指代想佔便宜，反而受到雙重損失的情況。

zuì wēng zhī yì bú zài jiǔ

醉翁之意不在酒

釋義：別有用意。

例句：儘管薪酬很低，他還是接受了這份工作，「醉翁之意不在酒」，他想先汲取工作經驗，再謀新職。

kàoshān chī shān　　kàoshuǐ chī shuǐ
靠山吃山　靠水吃水

釋義： 比喻依賴所在地方的條件生活，或比喻從事甚麼行業就靠甚麼為生。

例句： 千百年來，當地的百姓「靠山吃山，靠水吃水」，過着悠然自得的生活。

yǎngbīngqiān rì　　yòng zài yì shí
養兵千日　用在一時

釋義： 比喻長期的準備都是為一時的用途。

例句： 張教練對隊員們說：「你們苦練了三年，『養兵千日，用在一時』，祝你們取得好成績！」

lǔ bānménqiándiào dà fǔ
魯班門前掉大斧　也作「班門弄斧」　貶

釋義： 掉：舞動。與「關老爺面前耍大刀」同，比喻在高手面前賣弄本領。

例句： 我不知道他是大畫家，還在他面前天花亂墜講了一通，真是「魯班門前掉大斧」，慚愧！

xué rú niú máo　　chéng wéi lín jiǎo
學如牛毛　成為麟角

釋義：牛毛形容多；麟角指麒麟頭上的角，形容少。學習
　　　的人很多，成功的人卻極少。

例句：俗語說：「學如牛毛，成為麟角」，學而有所成真
　　　是不容易的。

xué ér bú yàn　　huì rén bú juàn
學而不厭　誨人不倦　褒

釋義：指學習而從不滿足，教導別人也從不厭倦。

例句：老師教我們牢記「學而不厭，誨人不倦」這兩句話，
　　　一輩子受用不盡。

xué ér shí xí zhī　　bú yì yuè hū
學而時習之　不亦說乎

釋義：「說」即是悦。學過的知識經常溫習，不也是令人
　　　高興的嗎？

例句：班主任在介紹溫習的好處時，引用了「學而時習之，
　　　不亦說乎」這句話，我才知道「學習」一詞就是從
　　　這裏來的。

xué rán hòu zhī bu zú
學然後知不足

釋義： 不斷學習鑽研下去，會發現自己還有許多知識不懂。

例句： 「學然後知不足」，從前他還以為自己在這一行已是個「通天曉」呢！

jiǎn le zhī ma　　diū le xī guā
撿了芝麻　丟了西瓜　　近義：「捨本逐末」

釋義： 比喻注意了小的，忽略了大的。

例句： 讀報時我們應該首先注意大新聞，不要「撿了芝麻，丟了西瓜」。

shù dà zhāofēng
樹大招風　　也作「樹高招風」

釋義： 比喻名聲大或地位高，易遭人忌妒或攻擊。

例句： 「樹大招風」，你還是少出風頭的好。

shù dǎo hú sūn sàn
樹倒猢猻散　　也作「猢猻散」　　貶

釋義： 比喻頭目（或靠山）垮台，依靠他的人也四散。

例句： 賈家聲勢顯赫已有百年，可是幾個主持賈家的去世後，「樹倒猢猻散」，漸不為人所知了。

shù gāo qiān zhàng　*luò yè guī gēn*
樹高千丈　落葉歸根

釋義： 比喻長期旅居異鄉，到老時總要返回故鄉。

例句： 過去，海外華人「樹高千丈，落葉歸根」的觀念很普遍，時至今日已有變化，不少人就在異國安居樂業，終其一生。

shù yù jìng ér fēng bù zhǐ
樹欲靜而風不止

也作「樹欲靜而風不寧」、「樹欲息而風不停」

釋義： 比喻事情不以人的主觀願望而轉移或改變。

例句： 沿海漁家都盼日日平安，年年有餘，但「樹欲靜而風不止」，海盜、土匪仍不時來騷擾和洗掠他們。

héng tiāo bí zi shù tiāo yǎn
橫挑鼻子豎挑眼　貶

釋義： 比喻百般挑剔。

例句： 公司經理老是對我「橫挑鼻子豎挑眼」，我不想再幹了！

yàn què ān zhī hóng hú zhī zhì
燕雀安知鴻鵠之志

釋義： 平凡者怎會知道有遠大志向的人的抱負。

例句： 「燕雀安知鴻鵠之志」，他目光那麼短淺，不會理
解你有這樣大的抱負吧？

故事鏈接

　　陳勝是河南陽城的農夫，家境貧窮。年輕時有一天種田，勞
累之極和夥伴們坐在田間休息，他歎息説：「我們現在這樣勞苦，
倘若將來誰有一天富貴了，不要忘記今天的苦，也不要忘記一起
勞作的夥伴啊！」同伴們笑道：「你不過是個窮農夫，哪會富貴
起來呢？」陳勝搖搖頭説：「燕雀怎會知道鴻鵠的遠大志向？！」

　　後來陳勝率眾起義反對朝廷，自封為陳王，這些舊時夥伴知
道了，都去看他。陳勝把他們帶進王宮，看到富麗堂皇的王宮，
昔日的夥伴們驚訝極了。

dú mù bù chéng lín
獨木不成林　　也作「獨木不林」、「獨樹不成林」

釋義： 比喻一個人力量有限，難於成事。

例句： 「獨木不成林」，這件事還是靠大家一起做吧！

móu shì zài rén　　chéng shì zài tiān
謀事在人　成事在天

釋義：盡自己能力去做，但成功與否就取決於天命了。

例句：「謀事在人，成事在天」，這次球隊能否成功晉級，
　　　也要看他們的運氣！

tóu tòng yī tóu　　jiǎo tòng yī jiǎo
頭痛醫頭　腳痛醫腳　也作「頭疼醫頭　腳疼醫腳」

釋義：不是從根本來解決問題，沒有好效果。

例句：我們應該把主要的問題先解決好，「頭痛醫頭，腳
　　　痛醫腳」是沒有用的！

lóng yóu qiǎn shuǐ zāo xiā xì　　hǔ luò píng yáng bèi quǎn qī
龍游淺水遭蝦戲　虎落平陽被犬欺

釋義：平陽：平地。比喻失去了必要的、應有的條件，強
　　　者就受制於弱者。

例句：那位先生學問淵博，可是不懂廣東話，在這工廠寫
　　　字樓做事，變成了「龍游淺水遭蝦戲，虎落平陽被
　　　犬欺」。

xì fǎ rén ren huì biàn　qiǎomiào gè yǒu bù tóng
戲法人人會變　巧妙各有不同

也作「戲法人人會變　各有巧妙不同」

釋義：比喻辦事各有各的辦法。

例句：「戲法人人會變，巧妙各有不同」，她這種唱腔，充分表現了她個人的風格和特色。

qiángdǎozhòng rén tuī
牆倒眾人推　貶

釋義：比喻人一失勢，大家都來攻擊。

例句：世態炎涼，「牆倒眾人推」，他一下台，如今連一個朋友都沒有了。

qiáng tóu cǎo　liǎngbiān dǎo
牆頭草　兩邊倒　也作「牆頭一棵草　風吹兩邊倒」　貶

釋義：比喻立場不堅定，居於中間，兩邊討好。

例句：在大事件發生，談及自己的看法時，總有一種人是「牆頭草，兩邊倒」的。

cōngmíng yí shì　　hú tu yì shí
聰明一世　糊塗一時　　也作「聰明一世　懵懂一時」

釋義：指聰明人也有糊塗的時候。

例句：沒料到譚小姐「聰明一世，糊塗一時」，栽在這騙子手中！

cōngmíng fǎn bèi cōngmíng wù
聰明反被聰明誤　貶

釋義：諷刺玩弄小聰明，反而害了自己。

例句：小飛是有點小聰明，可歎「聰明反被聰明誤」，凡事變得很敏感，好猜疑。

lín yuānxiàn yú　　　bù rú tuì ér jié wǎng
臨淵羨魚　不如退而結網

釋義：比喻與其徒勞無益的空想，不如腳踏實地去做點事。

例句：計劃討論了十天，還是沒有結果，所謂「臨淵羨魚，不如退而結網」，我們還是早日付諸行動吧！

tángláng bǔ chán　　huángquè zài hòu
螳螂捕蟬　黃雀在後

釋義：比喻只想謀害他人，卻想不到別人也正在算計他。

例句：車上一個扒手正扒取前面女子的錢，沒料到警察正站在他的後面，正是「螳螂捕蟬，黃雀在後」呀！

táng bì dǎng chē　bú zì liàng lì
螳臂擋車　不自量力　也作「螳臂當車」、「螳臂當轅」

釋義：比喻力量太弱小，無法勝任而又不自知。

例句：這一小撮激進分子，妄圖與市民為敵，那不是「螳
臂擋車，不自量力」嗎？

yáo yán zhǐ yú zhì zhě
謠言止於智者　也作「流言止於智者」

釋義：理智的人是不會聽信謠言的。

例句：「謠言止於智者」，我相信你是不會相信這些荒謬
的謠言的！

qiè ér bù shě　jīn shí kě lòu
鍥而不捨　金石可鏤

釋義：無論做甚麼事，只要堅持不懈，就能獲得成功。

例句：「鍥而不捨，金石可鏤」，朱師傅花十年時間，終
於完成了一件玉雕，精細得令人歎為觀止！

jū gōng jìn cuì　sǐ ér hòu yǐ
鞠躬盡瘁　死而後已

釋義：為國或為事業盡力，至死方休。

例句：阮老師在教育事業上那種「鞠躬盡瘁，死而後已」
的精神，實在令人感動。

十八畫

zhì dì zuò jīn shí shēng
擲地作金石聲　　也作「擲地有聲」

釋義：形容文章詞句華美，聲調鏗鏘。

例句：名家的文章，常有警句雋語，「擲地作金石聲」。

wèngzhōngzhuō biē　　shǒudào ná lái
甕中捉鱉　手到拿來　　也作「甕中捉鱉　十拿九穩」

釋義：比喻事情很容易辦，或很有把握。

例句：警察包圍罪犯，抓他們如「甕中捉鱉，手到拿來」。

fān shǒu wéi yún　　fù shǒu wéi yǔ
翻手為雲　覆手為雨　　貶

釋義：比喻反覆無常，玩弄手段和權術。

例句：這位大政治家「翻手為雲，覆手為雨」的手段聞名
於世，不知這一次又會有甚麼花樣變出來？

jiù píngzhuāng xīn jiǔ

舊瓶 裝 新酒　也作「舊瓶新酒」

釋義：比喻舊的形式裝進了新內容。

例句：這種變化，我認為不過是「舊瓶裝新酒」而已，改
　　　變不大，也缺乏新意。

fù shuǐ nán shōu

覆水難收

釋義：事情已成定局，不可挽回。

例句：我們講話要謹慎，因為「覆水難收」，不好再更改
　　　或取消。

故事鏈接

　　漢朝有一個書生名叫朱買臣，由於家貧每天要靠打柴維持生
計，但他喜歡讀書，常常一邊走路一邊大聲地讀着書。路上的行
人都對他投以異樣的眼光，背地裏常常譏笑他。朱買臣的妻子忍
受不了旁人的奚落和貧窮的生活，不顧他一再挽留，棄他而去。

　　後來朱買臣當上太守，他的前妻見朱買臣發達了，又想找他
復婚。朱買臣將一盆水潑在地上，告訴她如果能將水收回盆中，
就同意復婚。前妻知道事情不能挽回，只好羞愧地離去。

fù cháo zhī xià wú wánluǎn

覆巢之下無完卵　也作「破巢之下安有完卵」

釋義：比喻國家或團體被毀時，所有人都不能保全生命。

例句：所謂「覆巢之下無完卵」，丁國經歷了一場可怕戰
　　　爭的洗劫，恐怕要很長一段時期才能將一切恢復了。

漢朝末年，孔融因觸怒了曹操被逮捕，即將被處死，當時朝廷內外的人士都非常驚恐。當時孔融的大兒子九歲，小兒子八歲。

士兵前來抓捕孔融時，兩個兒子還和原來一樣，鎮靜自若地玩遊戲，一點害怕的樣子都沒有。孔融對抓捕他的將領懇求道：「你們抓走我可以，但我的兒子們是無辜的，求你們放過他們吧！」

孔融的小兒子走上前來，說：「父親，您別求他們了！難道您見過打翻的鳥巢下面還會有完整的鳥蛋嗎？」果然，士兵們隨後將兩個孩子也抓走了。孔融一家最終都被曹操殺害了。

jī quǎn zhī shēngxiāngwén　lǎo sǐ bù xiāngwǎng lái
雞犬之聲相聞　老死不相往來

釋義：彼此在日常生活中不來往，互不關心。

例句：陳家和李家兩家雖毗鄰而居，但「雞犬之聲相聞，老死不相往來」。

jī dàn lǐ tiāo gǔ tou
雞蛋裏挑骨頭　　近義：「吹毛求疵」　貶

釋義：比喻過分挑剔。

例句：她喜歡「雞蛋裏挑骨頭」，以致於別人都疏遠她。

shí shí wù zhě wéi jùn jié
識時務者為俊傑

釋義： 原指能認清形勢、順應時代潮流前進的人才是傑出
的人材。常用於諷刺意義。

例句： 在淪陷時期，他替日軍當翻譯，還說自己是「識時
務者為俊傑」呢。

guān gōng miàn qián shuǎ dà dāo
關公面前耍大刀　　近義：「魯班門前掉大斧」

釋義： 表示在能者面前獻醜的意思。

例句： 小徒弟打揖道：「師傅，我這是『關公面前耍大刀』，
請多多指正！」接着就開始武術表演了。

quàn jūn mò xī jīn lǚ yī　　quàn jūn xī qǔ shàonián shí
勸君莫惜金縷衣　勸君惜取少年時

釋義： 金縷衣雖名貴，終有破舊之時，不必珍惜；少年時
光一去不復返，應該珍惜。

例句： 老師問「勸君莫惜金縷衣，勸君惜取少年時」跟哪
個說法相近時，阿明回答：「少壯不努力，老大徒
傷悲。」

yán shī chū gāo tú

嚴師出高徒　　近義：「名師出高徒」

釋義： 嚴格的師傅（老師）培養出優秀的徒弟（學生）。

例句： 「嚴師出高徒」此話不假，張嬸的徒弟桂枝繡出來
的金魚真是栩栩如生。

jiào jīn shì ér zuó fēi

覺今是而昨非

釋義： 現在做對了，發現過去是錯了。

例句： 能「覺今是而昨非」總是好的，這樣人材能不斷地
進步。

qí bù zé shí　　hán bù zé yī

饑不擇食　寒不擇衣

釋義： 需求緊迫，已不能從容選擇了。引申為事態急迫時，
已不管好歹了。

例句： 他在雪地上迷失了兩天，已到了「饑不擇食，寒不
擇衣」的地步，抓到一片樹皮就用力咬了幾下，吞
到肚裏去。

lài há ma xiǎng chī tiān é ròu
癩蛤蟆 想吃天鵝肉　近義：癡心妄想　貶

釋義： 比喻人沒有自知之明，一心想要謀取不可能到手的東西。

例句： 老孟整日懶洋洋地不想工作，四處跟人說他可能和老闆的女兒結婚，真是「癩蛤蟆想吃天鵝肉」！

lù cóng jīn yè bái　　yuè shì gù xiāngmíng
露從今夜白　月是故鄉明

釋義： 表達對故鄉和親人的思念。

例句： 有道是：「露從今夜白，月是故鄉明。」每逢佳節，人們思親的感覺都是一樣的。

tīng qí yán　　guān qí xíng
聽其言　觀其行

釋義： 聽了他的話還要看他的行動。

例句： 常言道：「聽其言，觀其行」。我們觀察一個人，不能輕信他的言論，還必須看他的實踐如何。

dú shū bù lí kǒu　　xiě zì bù lí shǒu
讀書不離口　寫字不離手

釋義： 比喻讀書、寫字都十分勤奮，堅持不懈。

例句： 冬妮每天「讀書不離口，寫字不離手」，她的學習成績一直排在全班前三名內。

dú shū pò wànjuàn　　xià bǐ rú yǒushén
讀書破萬卷　下筆如有神

釋義： 書讀得多了，下筆寫文章就如有神助。

例句： 書內有許多新鮮知識值得我們汲取，它和生活一樣
成為寫作不可或缺的營養；所以杜甫說「讀書破萬
卷，下筆如有神」。

dú wànjuànshū　　bù rú xíngwàn lǐ lù
讀萬卷書　不如行萬里路

釋義： 讀書極多，畢竟比不上親去經歷而獲得的知識真實
和豐富。

例句： 「讀萬卷書，不如行萬里路」，真的，他遊走了半
個地球，人人都説他知識廣博呢！

ràng rén sān fēn bú wèi shū
讓人三分不為輸

釋義： 發生爭執時適當忍讓，不能算是理虧。

例句： 家偉，玩具就讓妹妹玩吧，「讓人三分不為輸」！

鷸蚌相爭　漁人得利

yù bàngxiāngzhēng　yú rén dé lì

也同「鷸蚌相爭　漁翁獲利」

釋義：比喻雙方爭執，第三者趁機得利。

例句：他們在公署爭吵，放在椅子上的錢包，被一個小偷偷走了，可說是「鷸蚌相爭，漁人得利」。

練習一

一 從下面的圖中選出適當的動物,並將它們的名稱填在空格內,完成諺語。

1. 人怕出名（　　　）怕肥
2. 前怕（　　　）,後怕（　　　）
3. 掛（　　　）頭,賣（　　　）肉
4. 畫（　　　）不成反類（　　　）
5. 海闊憑（　　　）躍,天高任（　　　）飛
6. 山上無（　　　）,（　　　）稱大王
7. 瘦死的（　　　）比（　　　）大
8. 寧為（　　　）口,毋為（　　　）後

二 從上題中選出適當的諺語,填在下列句子的橫線上。

1. 那些人打着雜技表演的幌子向觀眾售賣劣質藥酒,真是
   ＿＿＿＿＿＿＿＿＿＿＿＿＿ !

2. 你如果總是 ＿＿＿＿＿＿＿＿＿＿＿＿＿ ,甚麼都不敢
   去做,怎麼會成功呢?

3. 弟弟雖然贏了我三盤棋,但我覺得他是 ＿＿＿＿＿＿＿＿
   ＿＿＿＿＿＿ !

4. 雖然這支隊伍最近表現不佳,但 ＿＿＿＿＿＿＿＿＿ ,
   在聯賽中的排名還是穩居前茅。

5. 哥哥 ＿＿＿＿＿＿＿＿＿＿＿＿ ,拒絕了大公司的邀
   請,決定與好友一起創業。

165

三　在下面的諺語中分別填入恰當的數字。

1. 人生（　　　）（　　　）古來稀

2. 無事不登（　　　）寶殿

3. （　　　）文高樓平地起

4. 此地無銀（　　　）（　　　）兩

5. （　　）（　　）（　　）（　　）行，行行出狀元

6. （　　　）年樹木，（　　　）年樹人

7. 養兵（　　　）日，用在（　　　）時

8. 冰凍（　　　）尺，非（　　　）日之寒

四　把下面的提示與諺語用線連起來。

1. 它告訴我們自己所不喜歡
　的，不要加在別人身上。　●　　　●　A. 三人行必
　　　　　　　　　　　　　　　　　　　有我師

2. 它告訴我們事物之間存在
　千絲萬縷的聯繫。　　　　●　　　●　B. 己所不欲，
　　　　　　　　　　　　　　　　　　　勿施於人

3. 它告訴我們要虛心聽取別
　人的意見。　　　　　　　●　　　●　C. 欲速則不達

4. 它告訴我們凡事不可操之
　過急。　　　　　　　　　●　　　●　D. 千樹連根
　　　　　　　　　　　　　　　　　　　千指連心

五　將下面段落中劃線的文字用恰當的諺語表達出來。

　　叔叔的文章寫得很好，他說要多讀書，A. 書讀得多了寫
起文章來就很流暢。他告誡我，B. 只要功夫深，肯下功夫，
努力讀書、練習，一樣可以寫出一手好文章。

　A. _____　　B. _____

練習二

一 在下面諺語中填入恰當的反義詞，使諺語完整。

1. ☐親不如☐鄰。

2. 穿☐鞋，走☐路。

3. ☐人栽樹，☐人乘涼。

4. 天有不測風雲，人有霎時☐☐。

5. ☐槍易躲，☐箭難防。

6. ☐水救不得☐火。

7. ☐理走遍天下，☐理寸步難行。

8. ☐驚風撞着☐郎中。

9. ☐居鬧市☐人問，☐在深山☐遠親。

有一無　前一後

急一慢　遠一近

新一老　貧一富

明一暗　禍一福

二 從上題中選出適當的諺語，填在下列句子的橫線上。

1. 由於兒女們遠在國外，張爺爺生病時得到了鄰居們的細心照顧，使他深切地感到 ＿＿＿＿＿＿＿＿＿＿＿＿ 。

2. 雖說王將軍武藝高強，可是 ＿＿＿＿＿＿＿＿＿＿＿ ，冷不丁的暗器襲來，讓他大叫一聲，從馬上墜落下來。

3. 當記者們爭先恐後採訪最新獲得諾貝爾獎的科學家時，他謙虛地說：「＿＿＿＿＿＿＿＿＿＿＿＿」，我能取得這點成績正是得益於前輩們的經驗和指導。

4. ＿＿＿＿＿＿＿＿＿＿＿＿＿＿ ，誰也沒想到一向身體強壯的馬叔叔竟會在晨練時，暈倒在地再也沒有醒過來！

三 選擇下面諺語，將代表字母填入各句中的括號中。

A. 一夫當關　萬夫莫敵　　　B. 一碗水端平
C. 一朵鮮花插在牛糞　　　　D. 一日打魚　十日曬網
E. 一個巴掌拍不響　　　　　F. 一個半斤　一個八兩

1. 士光練琴經常（　　），這樣下去技藝哪裏能夠提高呢？

2. 他倆的操行，可說是（　　），好不到哪裏去。

3. 前面那山口有（　　）之勢，一般人是很難超越的。

4. 爸爸說：「我不能老帶你去，不帶妹妹，我得（　　）
　　嘛！」

5. 這件事，（　　），這事你倆都有過錯。

6. 劉小姐竟準備聽從父母的意見嫁給魏先生，這不是
　　（　　）嗎？

G. 不問青紅皂白　　　　　　H. 人有失手　馬有失蹄
I. 不怕官　只怕管　　　　　J. 眼見為實　耳聽為虛
K. 太歲頭上動土　　　　　　L. 路遙知馬力　日久見人心

7. 林霸天對村民大喝一聲：「好大膽，你竟敢在（　　）！」

8. 聽了街坊鄰居的議論，他怒火中燒，回到家中（　　）
　　就把自己的兒子打了一頓。

9. 友情是需要時間去考驗的，（　　）說得一點都沒錯。

10. 這鄉村的村民最怕的是村長，（　　）不無道理。

11. （　　），做十次生意有一次失敗，又算得甚麼呢？

12. （　　），你怎麼能聽信別人的謠言而妄下結論呢？

練習三

一 下面人物分別出現在哪個諺語中？在橫線上填上人名。

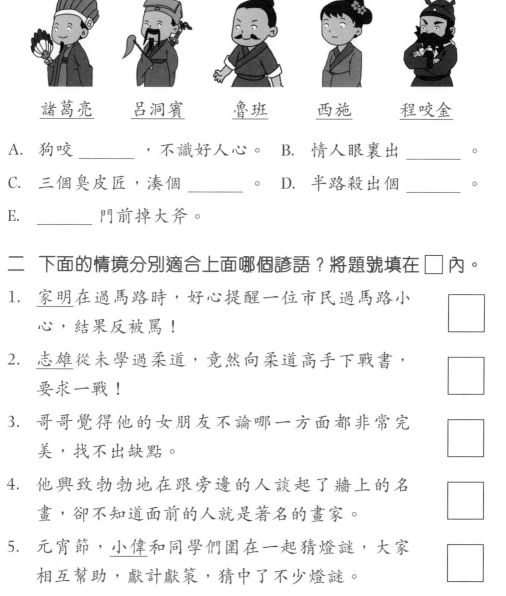

諸葛亮　　　呂洞賓　　　魯班　　　西施　　　程咬金

A. 狗咬 ＿＿＿＿ ，不識好人心。　　B. 情人眼裏出 ＿＿＿＿ 。

C. 三個臭皮匠，湊個 ＿＿＿＿ 。　　D. 半路殺出個 ＿＿＿＿ 。

E. ＿＿＿＿ 門前掉大斧。

二 下面的情境分別適合上面哪個諺語？將題號填在 ☐ 內。

1. 家明在過馬路時，好心提醒一位市民過馬路小心，結果反被罵！　☐

2. 志雄從未學過柔道，竟然向柔道高手下戰書，要求一戰！　☐

3. 哥哥覺得他的女朋友不論哪一方面都非常完美，找不出缺點。　☐

4. 他興致勃勃地在跟旁邊的人談起了牆上的名畫，卻不知道面前的人就是著名的畫家。　☐

5. 元宵節，小偉和同學們圍在一起猜燈謎，大家相互幫助，獻計獻策，猜中了不少燈謎。　☐

6. 美玲本以為這次演講比賽冠軍非她莫屬了，可是沒想到被剛轉校來的子文獲得。　☐

三　選擇下面適當的諺語，將代表字母填入各句的括號中。

A. 寸金難買寸光陰	B. 上樑不正下樑歪
C. 不知者不罪	D. 山高皇帝遠
E. 久病成良醫	F. 天機不可洩漏

1. 這地方（　　），老百姓的日子反倒過得十分快活呢！

2. （　　），否則魔術師的表演還能吸引觀眾嗎？

3. 我們應抓緊時間工作和學習，須知（　　）啊！

4. 李老師（　　），感冒要吃甚麼藥，你問他就行了。

5. 這個父親好賭，孩子也沉迷於電視，正是（　　）。

6. 屋子裏黑漆漆的，他還以為進了小偷呢，才會對你拳打腳踢。（　　），你就原諒他吧！

G. 工多藝熟	H. 風水輪流轉
I. 八字還沒一撇	J. 聰明反被聰明誤
K. 人算不如天算	L. 人命大如天

7. 天氣惡化，飛機都停了。（　　）航空公司都不願冒險。

8. 真是（　　），誰能想到當年被一些人輕視的他，今年竟擔任了這麼重要的職務？

9. 張嫂問李大嫂，她女兒找到了對象沒有，李大嫂搖頭笑道：「（　　）！」

10. 真是（　　），誰能料到僅半個月時間，丁國就發生了那麼大的變化？

練習四

一　在下面的橫線上填出適當的植物名稱，完成諺語。

1.　啞子吃 ＿＿＿＿ ＿＿＿＿ ，有苦說不出。

2.　＿＿＿＿ ＿＿＿＿ 不言，下自成蹊。

3.　不是一番寒徹骨，怎得 ＿＿＿＿ ＿＿＿＿ 撲鼻香？

4.　依樣畫 ＿＿＿＿ ＿＿＿＿ 。

5.　有意栽 ＿＿＿＿ ＿＿＿＿ 不發，無心插 ＿＿＿＿ ＿＿＿＿ 成蔭。

6.　＿＿＿＿ ＿＿＿＿ 雖好，還需綠葉扶持。

7.　種 ＿＿＿＿ 得 ＿＿＿＿ ，種 ＿＿＿＿ 得 ＿＿＿＿ 。

二　將正確答案的代表字母填在下面的括號內。

1.　下列諺語中，與知識有關的一項是（　　　）

A.　失敗乃成功之母　　　　　B.　心堅石也穿

C.　知不可為而為之　　　　　D.　書到用時方恨少

2.　下列諺語中，與朋友交往無關的一項是（　　　）

A.　跑了和尚跑不了廟　　　　B.　路遙知馬力　日久見人心

C.　近朱者赤　近墨者黑　　　D.　不打不相識

3.　下列諺語中，與錢財無關的一項是（　　　）

A.　一文錢難倒英雄漢　　　　B.　君子愛財　取之有道

C.　親兄弟明算帳　　　　　　D.　英雄無用武之地

4. 下列成語中，與人的品質有關的一項是（　　　）

A.　知人口面不知心　　　　　B.　聽其言觀其行

C.　醉翁之意不在酒　　　　　D.　貪小便宜吃大虧

三 在下面的括號內填出適當的人物，完成諺語。

1. 鷸蚌相爭 （　　　　） 得利

2. （　　　　） 解牛　遊刃有餘

3. 急驚風撞着慢 （　　　　）

4. （　　　　） 難為無米之炊

5. （　　　　） 難斷家務事

6. 跑了 （　　　　） 跑不了廟

7. 只許 （　　　　） 放火　不許 （　　　　） 點燈

四 根據圖意，選出適當的諺語，將答案的代表字母圈出來。

A. 不到黃河心不死

B. 苦海無邊　回頭是岸

C. 敬酒不吃罰酒

A. 狗眼看人低

B. 得饒人處且饒人

C. 人無信而不立

A. 取人之長　補己之短

B. 重賞之下必有勇夫

C. 知不可為而為之

練習五

一　在下面各句空格裏填上適當的字，使諺語完整。

1. 眼見為 ☐ ，耳聽為 ☐ 。

2. 病從 ☐ 入， ☐ 從口出。

3. 謀事在 ☐ ，成事在 ☐ 。

4. ☐☐ 吃山， ☐☐ 吃水。

5. 雷聲大， ☐☐ 小。

6. 萬事俱備，只欠 ☐☐ 。

7. ☐☐ 手下無弱兵。

8. ☐☐ 領進門，修行在 ☐☐ 。

二　諺語使我們懂得各方面的知識。根據下面的要求，寫出適當的諺語。

1. 真是「＿＿＿＿＿＿＿＿＿＿＿」，在李教練的帶領下隊員們如猛虎一般衝鋒在前，將其他隊伍遠遠地甩在後面。

2. 「＿＿＿＿＿＿＿＿＿＿＿」，在這座海島上當然少不了豐盛鮮美的海鮮大餐嘍！

3. 我們盡量不要在別人背後說三道四，以免「＿＿＿＿＿＿＿＿＿＿＿＿＿＿」，給自己招致不必要的麻煩。

4. 「＿＿＿＿＿＿＿＿＿＿＿」，老師講得再好，你卻不學習，不練習，怎麼可能進步呢？

5. 政府關於加強廢氣物處理的問題一直是「＿＿＿＿＿＿＿＿＿＿＿＿＿＿」，到最後不了了之。

173

三　以下諺語與哪些成語的意思相當？用線將它們連起來。

1. 一個巴掌拍不響　　　　　●　　　●　A. 弄巧成拙

2. 一碗水端平　　　　　　　●　　　●　B. 得過且過

3. 大魚吃小魚　小魚吃蝦毛　●　　　●　C. 癡心妄想

4. 做一天和尚撞一天鐘　　　●　　　●　D. 莫名其妙

5. 偷雞不成蝕把米　　　　　●　　　●　E. 孤掌難鳴

6. 癩蛤蟆想吃天鵝肉　　　　●　　　●　F. 見義勇為

7. 路見不平　拔刀相助　　　●　　　●　G. 弱肉強食

8. 丈八金剛　摸不着頭腦　　●　　　●　H. 一視同仁

四　將下面段落中加點的文字用恰當的諺語表達出來。

1. 爺爺每天安排出一定的時間看書、寫字，還學起了英語，
真是 A. 一生都要不斷的學習。B. 天不會虧待誠心真意的
人！他終於掌握了一些英語的日常用語。

A. _____　　B. _____

2. 哎！A. 有了比較，才可以辨別優劣。參加這次校際聯賽，
我們球隊一連輸了三場，接下來又要與上屆冠軍隊比賽，
只能是 B. 案板上的肉——任人宰割了。

A. _____　　B. _____

3. 現在的手機都很小巧，但 A. 雖小，卻也樣樣俱全，不僅
可以通話、上網，還可以收發郵件等等，與過去笨拙厚
重的手機 B. 差別很大，不能相提並論。

A. _____　　B. _____

答案

諺語練習一

一 1. 豬　2. 狼；虎　3. 羊；狗　4. 虎；犬　5. 魚；鳥
　　6. 老虎；猴子　7. 駱駝；馬　8. 雞；牛

二 1. 掛羊頭賣狗肉　　　　　　　　2. 前怕狼後怕虎
　　3. 山中無老虎，猴子稱大王
　　4. 瘦死的駱駝比馬大　　　5. 寧為雞口，毋為牛後

三 1. 七十　　　　　2. 三　　　　　3. 萬　　　　　4. 三百
　　5. 三百六十　　6. 十；百　　　7. 千；一　　　8. 三；一

四 1. B　　2. D　　3. A　　4. C

五 A. 讀書破萬卷　下筆如有神　　　　　　B. 只要功夫深　鐵杵磨成針

諺語練習二

一 1. 遠；近　　　　2. 新；老　　　3. 前；後　　　4. 禍；福
　　5. 明；暗　　　　6. 遠；近　　　7. 有；無　　　8. 急；慢
　　9. 貧；無；富；有

二 1. 遠親不如近鄰　　　　　　2. 明槍易躲，暗箭難防
　　3. 前人栽樹，後人乘涼　　4. 天有不測風雲，人有旦夕禍福

三 1. D　　2. F　　3. A　　4. B　　5. E　　6. C
　　7. K　　8. G　　9. L　　10. I　　11. H　　12. J

諺語練習三

一 A. 呂洞賓　B. 西施　C. 諸葛亮　D. 程咬金　E. 魯班

二 1. A　　2. E　　3. B　　4. E　　5. C　　6. D

三 1. D　　2. F　　3. A　　4. E　　5. B　　6. C
　　7. L　　8. H　　9. I　　10. K

諺語練習四

一 1. 黃連　　　　　2. 桃李　　　　3. 梅花　　　　4. 葫蘆
　　5. 花；花；柳；柳　6. 牡丹　　　7. 瓜；瓜；豆；豆

二 1. D　　2. A　　3. D　　4. D

三 1. 漁翁　　　　　2. 庖丁　　　　3. 郎中　　　　4. 巧婦
　　5. 清官　　　　　6. 和尚　　　　7. 州官；百姓

四 1. A　　2. C　　3. A

諺語練習五

一 1. 實；虛　　　　2. 口；禍　　　3. 人；天　　　4. 靠山；靠水
　　5. 雨點　　　　　6. 東風　　　　7. 強將　　　8. 師傅；個人

二 1. 強將手下無弱兵　　　　　2. 靠山吃山，靠水吃水
　　3. 病從口入，禍從口出　　4. 師傅領進門，修行在個人
　　5. 雷聲大，雨點小

三 1. E　　2. H　　3. G　　4. B　　5. A　　6. C　　7. F　　8. D

四 1. A. 活到老學到老　　　　B. 皇天不負有心人
　　2. A. 不怕不識貨，就怕貨比貨　B. 人為刀俎，我為魚肉
　　3. A. 麻雀雖小，五臟俱全　　B. 不可同日而語

學好中文

輕鬆學好諺語 豐富中文表達能力

新編 學生諺語手冊

主編
思言

編輯
喬健 紫彤

版式設計
曾熙哲

排版
竹心

畫圖
張楠

出版者
萬里機構出版有限公司
香港北角英皇道499號北角工業大廈20樓
電話：2564 7511
傳真：2565 5539
電郵：info@wanlibk.com
網址：http://www.wanlibk.com
http://www.facebook.com/wanlibk

發行者
香港聯合書刊物流有限公司
香港荃灣德士古道 220-248 號荃灣工業中心 16 樓
電話：2150 2100
傳真：2407 3062
電郵：info@suplogistics.com.hk

承印者
中華商務彩色印刷有限公司
香港新界大埔汀麗路 36 號

出版日期
二零一六年九月第一次印刷
二零二三年五月第四次印刷

版權所有‧不准翻印
Copyright ©2023 Wan Li Book Company Limited.
Published in Hong Kong, China.
Printed in China.
ISBN 978-962-14-6159-9